山中听溪

庞小红 著

陕西新华出版
太白文艺出版社·西安

图书在版编目（CIP）数据

山中听溪 / 庞小红著. -- 西安：太白文艺出版社，
2025.2. --（诗意彩虹）. -- ISBN 978-7-5513-2917-0

Ⅰ. I227

中国国家版本馆 CIP 数据核字第 2025G6E808 号

山中听溪
SHANZHONG TINGXI

作　　者	庞小红
责任编辑	汤　阳
封面设计	麦　平
版式设计	陈国梁
出版发行	太白文艺出版社
经　　销	新华书店
印　　刷	武汉鑫佳捷印务有限公司
开　　本	880mm×1230mm　1/32
字　　数	150 千字
印　　张	8.5
版　　次	2025 年 2 月第 1 版
印　　次	2025 年 2 月第 1 次印刷
书　　号	ISBN 978-7-5513-2917-0
定　　价	388.00 元（全 7 册）

版权所有　翻印必究
如有印装质量问题，可寄出版社印制部调换
联系电话：029-81206800
出版社地址：西安市曲江新区登高路 1388 号（邮编：710061）
营销中心电话：029-87277748　029-87217872

自序

在诗歌里与自己重逢

写下自序这两个字，我的内心是有愧疚的，写诗将近二十年，却没能把诗歌写得像我的年龄一样老到。同时，我也是欣慰的，我把自己真实的内心情感记录下来，并呈现给你们，这本身就是一种生活诗化的过程。

我曾经这样说过，诗歌不是生活的全部，却是生活里不可缺少的调味剂，它让我的生活有滋有味。

每一首诗歌的完成就像自己孩子的诞生，那种彻夜难眠的思考，与词语的反复纠缠与打磨，其中的悲喜，只有自己知道。就像小西在她的诗集《深蓝》自序里写的："只有自己，才能真正体验与每首诗亲密无间的过程。这个过程，不全是喜悦和激动，还有分歧和挫败，这是作为写作者最真实的感受。"小西说到我心里去了，我深感认同。

在诗歌这条寂静山路上，我像一朵云，一直以喜爱和欣赏的目光，默默爱着、注视着，从未远离。"抵达山中，在曲折迂回之后 / 溪水平缓清澈 / 在这之前，我还在为跨出去的每一步担忧 / 虽然，泥沙俱下并不是最坏的结果"。这是我的诗歌《山中听溪》里的句子，也是我对生活，对诗歌最真实、最虔诚的体验和感受。也许我对诗歌的认知、挖掘和感悟是肤浅的，但它们却是真挚而虔诚的。

岁月是一条曲折而缓缓流淌的河流，诗歌就是河流上闪动着的亮光。因为这些亮光，我看到阳光和小草，绿树和花香。所有的甘甜醇香，所有的痛彻心扉，都在我的诗歌里一一绽放。那些在灯下、在指尖的等待和相遇，都成了我的生命中不可缺少的组成部分。

我是如此幸运，到了这个年龄，还能爱着并且写着诗歌。

但愿每一个读到这本诗集的人，都有诗意的人生。

如果还有未尽之言，请在诗歌里与自己重逢。

目录 CONTENTS

辑一 山中听溪

- 002 || 山中听溪
- 003 || 异木棉盛开的午后
- 004 || 春 色
- 005 || 谷 雨
- 006 || 某一天
- 007 || 父亲的手表
- 008 || 秋日之后
- 010 || 团 圆
- 011 || 低处的春天
- 012 || 小满的月光
- 013 || 那些身体里隐秘的部分
- 014 || 牛
- 015 || 元宵节
- 016 || 送别父亲
- 017 || 春
- 018 || 鸟
- 019 || 清 明
- 020 || 约 定
- 021 || 五月的这天
- 022 || 采茶记
- 023 || 立 夏
- 024 || 轮 回
- 025 || 二〇二〇年的二月十四
- 026 || 村庄里的猫
- 027 || 被秋风带走的事物
- 028 || 在医院
- 029 || 冬 夜
- 030 || 湖 边
- 031 || 古樟树
- 032 || 爬墙虎
- 033 || 寻 找
- 034 || 在原色客栈看星星
- 035 || 秋天的事物
- 036 || 雨 中
- 037 || 生日帖
- 038 || 暮春的山野
- 039 || 春天,一些事物正在

赶来
040 || 李树开花
041 || 一个被反复描述的夜晚
042 || 江小白
044 || 遗　物
045 || 岁末帖
046 || 除　夕
047 || 距　离
048 || 等风来
049 || 母亲节礼物
050 || 秋　日
051 || 幸　福
052 || 父　亲
053 || 臆　想
055 || 五月的一个夜晚
056 || 合　影
057 || 表　白

辑二 | 路上的风景

060 || 与诗歌小镇有关的
061 || 灵潭村的秋天
062 || 夏日拾贝湖
063 || 苏州河边
064 || 从雪谷到雪乡
065 || 十二月，天池的风
066 || 秋天，在金沙生态园
067 || 在韶阳楼，我们有不一样的乡愁
069 || 对乌石海滩的想象
070 || 登巴寨
071 || 在水口村看梨花
072 || 落在田野绿世界的光
073 || 鹤鸣洲的雾
074 || 在上岳古村
075 || 洱海门
076 || 大理电影院
077 || 夜走丽江古城
078 || 立秋日登桂花潭
079 || 在汪汤村看银杏
080 || 曹角湾的秋天
081 || 遵义的月亮
082 || 夜宿茅台镇
083 || 在娄山关西风台
084 || 在应山村
086 || 南水湖的黄昏
087 || 南华寺参禅
088 || 梅岭寻梅

- II -

091 || 南城之夜

092 || 厚街印象

093 || 黄江之夜

094 || 过　客

095 || 春天的水口村

096 || 走过西湖长桥

097 || 在梅岭

100 || 在新田村

102 || 断桥残雪

103 || 冬日，偶遇邻村男孩

104 || 姑　姑

105 || 陪父亲到大王庙

106 || 在芦苇中间

107 || 六月的荷塘

108 || 九月最后的黄昏

辑三 虚度

110 || 虚　度

111 || 化　妆

112 || 春天的公交车

113 || 遗　憾

114 || 春夜，想念母亲

115 || 二〇一六年的最后一天

116 || 冬至一组

118 || 呈　现

119 || 往　事

120 || 来自菜市场的谈话

122 || 又是九月九

123 || 拔　牙

124 || 热　爱

125 || 自画像

126 || 中元夜忆母亲

127 || 午　后

128 || 河　流

129 || 木　门

130 || 夜走观海长廊

131 || 归　途

133 || 小　暑

134 || 小　满

135 || 初　夏

136 || 退　出

137 || 边　缘

138 || 依　旧

139 || 参　照

140 || 雨　滴

141 || 一个春天的傍晚

142 || 在一小片雨水的倒影里

143 || 祭 奠
144 || 惊 蛰
145 || 春日照片
146 || 晾 晒
147 || G小调
148 || 活 着
149 || 陌生感
150 || 拷 问
151 || 时 光
152 || 相 融
153 || 夕 阳
154 || 秋夜的风
155 || 失 眠
156 || 昙 花
157 || 黄 昏
158 || 方寸之间
159 || 失 措
160 || 秋天来了
161 || 生日感怀
162 || 慢时光

辑四 夜里写诗的人

164 || 夜里写诗的人
165 || 六月，无非是……

166 || 暮 色
167 || 我习惯在黑暗中打开窗户
168 || 读 你
171 || 消 失
172 || 深夜，遇见奥斯维辛出逃的灵魂
173 || 到医院，看望病人
174 || 春 日
175 || 精神病院
177 || 画命运
178 || 山 中
179 || 二 妹
181 || 一场冬雨，落在深夜
182 || 凌晨三点
183 || 总有些痛，被寒风刺破
185 || 漏下来的秋天
186 || 秋 意
187 || 在秋天
189 || 孤 独
190 || 听海浪
191 || 证 实
192 || 填 充
193 || 分水岭

194 ‖ 想　法	224 ‖ 路　过
195 ‖ 只是时光的一个疏忽	225 ‖ 遇　见
196 ‖ 送故人	226 ‖ 秋天的海
197 ‖ 我所热爱的事物	227 ‖ 一个人改变一座山
198 ‖ 六月，借一阵风	228 ‖ 听月亮
200 ‖ 今天，大雨滂沱	229 ‖ 与月书
203 ‖ 醉花阴	231 ‖ 用书装扮自己的女人
204 ‖ 试金石	232 ‖ 夏日深
205 ‖ 墓　地	233 ‖ 想　象
206 ‖ 与母书	235 ‖ 夜的声音
208 ‖ 村庄秋夜	236 ‖ 离　开
210 ‖ 在春天，说出爱	238 ‖ 立春帖
211 ‖ 爱情，是那只斑斓的蝴蝶	239 ‖ 安娜小笺
	241 ‖ 脚　印
213 ‖ 危险的美感	242 ‖ 我们只隔着一场雨的距离
215 ‖ 很蓝的天空下，我们聊一聊	243 ‖ 大经幡
216 ‖ 谁点的灯	244 ‖ 秋天的第一场雨
217 ‖ 如约而来	245 ‖ 大寒帖
219 ‖ 尘世之远	246 ‖ 春分帖
220 ‖ 读　诗	247 ‖ 一个人的秋天
221 ‖ 虚　构	249 ‖ 一片金黄驮着我飞翔
222 ‖ 回　头	250 ‖ 风　月
223 ‖ 冬　夜	251 ‖ 立　冬

252 || 小满，在知青农场

253 || 暮春的山杜鹃

254 || 忆母亲

255 || 七　夕

257 || 夕阳之诗

辑一
山中听溪

山中听溪

抵达山中,在曲折迂回之后
溪水平缓清澈
在这之前,我还在为跨出去的每一步担忧
虽然,泥沙俱下并不是最坏的结果
现在,溪水在各种石头的纹理里平静下来
偶尔有漏下的光投射在水面
落叶,枯枝和小鱼儿各司其职
仿佛活着是人间不可多得的美妙
我在山中听溪水流淌
云朵已经在脚下
游过半生

异木棉盛开的午后

车辆和行人行色匆匆
缓慢的是风和阳光

光线从三轮车废旧纸皮上
移动到拉车婆婆的脸
它也是缓慢的

在窗外满是异木棉的茶楼喝茶
遇见母亲的闺密
我们交换了彼此的泪水和皱纹

公交车上下来一些人上去另一些人
从一个地方到另一个地方
没有谁注意到阳光正缓慢搬动
它眼皮下的所有事物

山中听溪

春　色

只用远山含黛这个词

显然是不够的，还有

在村口小池塘旁边卖菜干的大妈

在新铺设的柏油小路上扫落叶的大叔

还有那棵一千五百年树龄的香樟树和它刚刚长出的芽苞

作为春天的一部分，现在

它们来到我的眼前

远山早已放下身段

把黛色融入小池塘

在上书房门口相遇的人

谈起了人工智能带来的和带走的事物

在这个叫曹角湾的古村落

我看见的春色

和上书房墙上三百五十年前的春色一样

古朴而温情

谷 雨

雨下了一天一夜之后终于结束

就像一匹疾驰而来的快马

忽然闯进一片幽深树林

有细碎的阳光打在白色的泡桐花叶上

有风轻轻吹过,不忍吹落嫩叶上的露珠

有鸟被打湿翅膀低低飞过,我甚至看到了

它们颤巍巍的样子

世间万物有着不忍忽略的细节

令人着迷,就像昨天刚刚被带回家的小狗

在谷雨这天,我们给它的名字

叫小乖,它乖巧、低眉顺眼的样子

和我对这个世界的态度是一样的

山中听溪

某一天

阳光从雨后的清新中升起

九里香和紫薇花的香气依然迷人

有露珠在叶子上停留，它们清澈、明亮

像人生中不可多得的遇见

我热爱生命中的美好

也热爱那些途经的苦难和折磨

是它们，让我富有和通透

站在窗台前，我久久凝望那些紧紧挨在一起

不忍落下的雨滴

是它们，让我心生悲悯

隔壁幼儿园传来孩子们琅琅的读书声

仿佛时光流逝中落下的光

这是八月的某一天

它们让我深深记得

热爱这件事

父亲的手表

父亲喜欢收藏手表

在他有限的生命里

收藏了各种牌子的男女手表

装满了两个大饼干罐

手表们躺在抽屉里安静磨损着时光

只有嘀嗒的声音

提醒着父亲它们的存在

有时候,父亲也会拿出来

给它们上足发条

那些被忽略的、被耽搁的时光

瞬间便活了过来

现在,给手表上发条的人

停止了跳动

那些手表又回到了

它们的等待时光

山中听溪

秋日之后

其实,开始的时候
心里想的,要表达的
都是丰收和喜悦
一如多年前,我
曾写下:秋天的广场
都是人民

经历了坍塌,重建
再坍塌的反复之后
没有什么比绝望
更让人心疼了

如同此刻,站在这个
叫作重阳水口的地方
看着大型收割机驶过来
心里的无奈忽然就浓重了起来

秋日之后

不论稻子还是稗子

都逃脱不了

被收割的命运

辑一

山中听溪

山 中 听 溪

团　圆

天气预报说今天 37℃
这是母亲离开人世后的第九个中秋节

炎热炙烤从早上开始
小花园里的小叶紫薇被好生养护着
江边路旁的大叶紫薇只能蔫蔫地站立路边，自生自灭

中午我们在酒楼喝茶聊天
谈起战争，高温限电，洪水，疫情，地震
都在感慨：能平安活着已属幸福

晚饭餐桌上，女儿说起
她梦见了外婆，中午和我们一起喝茶聊天

我很庆幸，真正幸福的母亲
以这种方式和我们团圆

低处的春天

最先吸引目光的

是粉色的紫荆花

它们长在高高的树上

为一堵灰色的墙添了几笔水墨

镂空着窗花的墙身

横亘在天地之间

支撑着坍塌与重建

墙角的青苔和地上的落花

在低处发着幽光

那个身高不足一米，踮着脚尖

手指着天空的孩子

让我有了更多想法

但我不敢代替他们发表任何言辞

辑一 山中听溪

山中听溪

小满的月光

它的惨白，一下就把我出卖了
是的，我不够沉稳内敛
在这个夜晚，再次读小西的诗歌《无可替代》时
还是没有忍住泪流满面

我们总说时间是最好的良药
可有些伤口，无论时间过去多久
都是无法治愈的
例如母亲离去的那个时刻
和那个晚上的月光

而参照是一个类似于愧疚与遗憾的词语
这么多年过去了，在小满节气的月光下
我总是用时分来衡量
母亲在世上最后的时光

那些身体里隐秘的部分

作为陪伴和接触者

我也有不能示人的秘密

例如陪老父亲喝完早茶回家路上

看见江边长椅上晒太阳的一对老人

这初春里的温暖暮色

让正在说话的我们忽然沉默起来

糖尿病，高血压，膀胱结石，腰椎劳损

这些像亲密爱人，缠绕着

88岁的老父亲

沉默，孤独，睡眠不好，极少外出

这些在母亲离世以后

成了老父亲的标配

就像寒风中那条漏洞百出、残损不已的内裤

早已成为老父亲身体的一部分

山中听溪

牛

刚写下这个字
广袤的盐田，番薯地和防风林
就在除夕夜的钟声里清晰起来

海岛四季绿草繁茂，土壤肥沃
二叔总是在种地和给村里的红白事做厨师中忙碌
仿佛日子就是被牛一点一点犁出来的
直到身体不堪重负，成为风中的那根稻草

八年过去了，二叔在天上
早已看不见留在地上的人
被生活的鞭子狠狠抽打
而总有一个手牵牛绳的身影
常常出现在我的梦里

元宵节

雨在凌晨时越下越大
滴滴答答打在窗户上,仿佛有人在敲门

白天的时候,和旧邻居喝茶
她告诉我,我的母亲不止一次
在她的梦里寻找我

隔着雨声看窗外,茶花在黑夜里落红满地
映山红的花苞才刚刚打开自己

生命和季节的轮回
自然而安详

这个节日,我燃灯,煮汤圆
等待沉默中回来的人

山中听溪

送别父亲

跟随殡仪馆师傅的脚步

兜兜转转来到医院负二层的临时停尸间

昏暗和阴冷让人仿佛穿行在地底深处

在地台板上睡了一夜的父亲

被抬上了奔驰专车

走向他人生最后一次的体面行程

在主持人饱含悲伤的简介和告别词后

望着屏幕上父亲年轻时候的照片

没有谁能忍住泪水

那些预先准备好的，就像戏剧里的情节

被一遍遍上演

我们给父亲选了一个可以全程观看的电子火化炉

看着他成为灰烬的过程

就是看着我们自己成为灰烬的过程

我们不能自己为自己送行

只隔着一个节气的时间

我成了孤儿

春

我喜欢浓烈的事物

比如看一杯原味奶茶

站在春风里陪伴二月最后的落日

比如收到远方寄来的问候

忍不住泪水滚烫

我还喜欢隐忍的事物

比如整个二月被困在瓦瓮里淤泥下的睡莲花芽

还有那从原野延绵至我脚下的小草

已经从枯黄变青绿

有些事物,并不因为我们的缺席

而停下生长

比如昨夜,花园里那棵隐忍了一冬的映山红

忍不住长出了红色花朵

山中听溪

鸟

它们往返于我的家园

这些叫喜鹊、斑鸠、画眉、禾雀的鸟儿

它们从四面八方来

从稻田或者电线杆上来,从故乡或者少年时来

它们起飞,盘旋,落下

目标明确,又好像随意或者茫然

现在,在三月的雨中

在一地落花的泥土上

它们围拢,伫立

然后又飞走

有时,它们也会像春天一样

长久停驻在一面湖上

清 明

雨水未停，河水涨满
小花园里石榴、杜鹃的花朵都零落了
回不了故乡的人
默默站在落满桂花的树旁

母亲，请你回来
陪我说说话，聊聊你的未了心愿
尘世那么深，春天那么多颜色
如今只剩悲伤一种

山 中 听 溪

约 定

雨水如约而至,滴滴答答的
就像某些约定

有孩子发出求救后在海边在山坡消失
有老人在危重呼吸科死去

人间寒冷。半夜的时候
我特意把窗户打开
只想让已经在天上团圆的父母回来
陪我吃碗汤圆,过个元宵节

五月的这天

——写在母亲离世七周年

凌晨,在一场雨之后
院子里剩余不多的桂花全部零落了
香气在雨水里慢慢散去
整整七年,你的样子
越来越模糊,而现在
说起你,我不再用悲伤的词语

下午沿着江边骑行,灰霾的天空
苍茫的江水,并没有
让我感到难过
我看见江对岸莲花山上韶阳楼的塔顶
有无数光芒洒下

"有些事物你无法触及。但
你能接近它们,一整天"
是的,整整七年了
我知道,你一直以这样的方式
存在

山中听溪

采茶记

阳光打在最小的两片叶子上
透出淡紫红色的光
远山轮廓清晰,树木隐藏其中

师傅说采茶不能折不能掐
不能让尘世的毒透过指尖带给这些小小的叶子
师傅还说,采茶要在茶树最好的年华
把它最好的样子采撷下来
我总是不得要领

只有消逝的事物寂静无声
面对沉默的大片绿色
我的放在两片最小叶子上带着色斑的手
握住又松开

立 夏

午后雷声响起的时候
许下的愿被风吹走
桂花，茉莉，玫瑰正在盛开
它们的香气一直陪伴我
在南三岛，稻谷抽穗，花生地开花
故乡，在初夏的风里

自从五月的月光收割母亲之后
一个丢失故乡的人
梦里总有一只孤独的海鸥
盘旋在观海长廊的上空

山中听溪

轮　回

父亲房间窗口正对着的那两棵树

它们从去年十二月光秃秃的树干中活了过来

现在，有的芽苞刚刚被风吹落胞衣

有的正生长着嫩绿的细叶子

还有两只鸟儿

带着熟悉的鸣叫飞了回来

一如小时候听到的叫唤声

我知道，不用过太久

我将每天行走在它们枝繁叶茂的树下

被他们用绿荫抚摸

用漏下的光线注视

一想到人间冷暖，有它们陪伴

我就放下了所有的不安和警惕

二〇二〇年的二月十四

雨水是半夜来的，开始是滴答滴答的小雨

和爱人的呼噜声此起彼伏

熟悉的日常容易让美好的部分被忽略

如同此刻被细雨伴奏的呼噜声

我向你描述这黑夜里细碎的美好

是因为我还活在这不安的世上

而远方，就在今夜

那个写下

"我一生为子尽孝，为父尽责，为夫爱妻，为人尽诚"

的人，再也听不到今夜之后

所有的春天

山中听溪

村庄里的猫

巷子深处,老人在廊口晒太阳
几只猫幼崽在倒塌的泥瓦房前玩耍

给老人和孩子拍照
它们毫不慌张,只是远远地看着

慌张的是刚刚从村口吹来的风
急急地来急急地走,仿佛遗弃什么

墙根老旧,我不敢说那个词
我怕猫若听懂了,会抓疼我

被秋风带走的事物

如果有人说：美好的一天是因为秋风
请不要完全相信
小花园里，一件被风吹来吹去的浅蓝衬衣
挂在晾衣架上
很久了，没有身体认领它

就在昨天，寒露节气的前一天
我去医院看过八十七岁的姑妈
也是昨天，她的同样因癌症而死的二儿子刚刚下葬
而我们还没有找到
比秋风带走黄叶更好的理由
告诉她这件事情

山中听溪

在医院

当电梯带着那么多陌生的面孔鱼贯而入
花朵依旧在医院小花园里新鲜地开着
当病人谈论癌症,中风,手术,出血,断肢
蝉依旧在窗外树枝上聒噪
当家属拿着几千元自费药的单子在药店排队
开单的人在办公室谈笑风生
15床,32床,47床,52床……
不停易主
不同的门打开了又关上
一切似乎无序可循

冬 夜

北风的暂时停歇
让花叶安静下来

星星在很远的地方生长
仰望的人开始老去

小狗在花园里小跑转圈
我的寒冷它在替我忍受

有歌声从体内传出：
母亲哟，你像月亮，散发着温柔的光
……

天空的辽阔
让我看起来更像孤儿

山中听溪

湖 边

云层很厚

我说乍隐乍现的时候

路旁的白梅正含苞

天边两只不知名的鸟飞过

它们的相随是看得见的

只有风中两双相握的手是慌张的

从湖东到湖西

野刺桐走了一生

湖边行走的人

被爱和热爱包围

古樟树

古樟树后面是一大片甘蔗林
在牙膏壳换叮当糖的年代
总有祖孙俩到甘蔗林里偷甘蔗
阳光刚好洒在村口小路时
奶奶已经背着大捆番薯藤
走在回家路上
走在前面梳着小平头的小女孩
画下了记忆中的第一张图画

时光就像个存放冰糖的瓦缸
掏着掏着就剩下一张仓皇的脸
那时的我,并不知道
在某一天,奶奶也成了
古樟树的一部分

山中听溪

爬墙虎

阳光正好,它们在光影下攀爬
一切自然而然
包括那些被掩盖却依旧生长的部分
奋力,顽强是大词
它们只做着最本分最微小的事情

我走进它们
就像抵达生活
坚实的墙

寻　找

雷声留在了昨夜的大雨里

它半夜响起来的时候

我正做着流浪的梦

慌张的我正在寻找一道可以进家的门

它惊醒了睡在天桥底下

裹着破烂被子的人

同样的，它也惊醒了

梦里一直在寻找母亲的我

山中听溪

在原色客栈看星星

开始是隐秘的
在草木覆盖的山坡上
它们关上了窗户

直到秋风吹醒我
直到红衣少年打开他
二十岁的镜子
直到一个唯物主义者和我聊起
他的山居生活

在原色客栈的后山
它们亮了起来
那是一种让人羞愧的光亮
请原谅
我没能用言辞描述

秋天的事物

秋阳刚刚好,不强烈不颓废

照耀山中故人,也照耀我

落叶温情脉脉的脸

像母亲的注视

天空那扇蓝色高远的门

我们早已忘记了推门的样子

时值仲秋,山中草木寂静

一块石头和一条小路无声对视

我参与了它们的流淌

在秋天的事物中

我找到了自己

山中听溪

雨 中

雨中的空气清新敏感
像薄薄的玻璃,一敲即破
没有人打扰的栈道上
只有几朵白云陪伴她

雨中的秋夜还能看见白云
这是多么难得的遇见
她在雨中喃喃自语

雨中,还能慢慢靠近的
人或事物
一定是柔软湿润的

一如有人还能看见
她少女般的心

生日帖

雨水总是下在夜晚
仿佛清洗白天走过的路

紫薇和茉莉不知疲倦地开着
它们不知道,八月的某一天
有人循着人间的路走来
像桂花的一片叶子

山中听溪

暮春的山野

阳光细碎,春风柔软

酢浆草,芨芨草,野山菊,山石榴

这些山野随处可见的小女子

各居一隅

用沉默和谦卑

一下就把我俘虏

落草为寇

成了我们

共同的身份

春天,一些事物正在赶来

总有这样一个清晨

阳光在窗外叫醒鸟鸣

桃花,黑玫瑰,香茶或者其他更多的

香气在光线中跳跃

尘埃起起落落

并没有握住我虚无的手

晨光中,我刚念道:去年今日此门中

一小撮白发便在额头飘飞

仿佛人世的苍茫

都被它记录

抬头仰望天空

霞光万道,白云可鉴

那些遥远的,逝去的

譬如桃花的残瓣

桃树结的果

又譬如我苍老的脸

握在手心的爱

还有那些曾经与春天有关的

都在赶来的路上

山中听溪

李树开花

田野里,除了地毯一样的绿草

就剩下《诗经》里栽种的李树

李树开花,满枝碎雪

令茫然四顾的人

有了飘浮的念头

它们的横折撇捺,弯曲了阳光

一会儿落进心里,擦拭沾满灰尘的词语

一会儿又回到脸上

抚摸那些横生的皱纹

有那么一瞬,我误以为

那株躬身弯腰、孤零零的李树

就是身披白云的母亲

田野旁边的土黄色泥房子

如果远远端详,多么像是

微缩版的故乡

一个被反复描述的夜晚

寒风吹动战栗的树丫

月亮落在了别处

冷风中两棵并肩的树

成为点燃这个夜晚的灯

失散的人

在风里重逢

人世苍茫,唯有热爱

是彼此相认的信物

黑夜寂静而又广阔无边

它包容着所有的遇见

而这个夜晚的真实

让我们一遍一遍地临摹

古旧电影里

爱的片段

山中听溪

江小白

我不能确定

这是我的兄弟还是姐妹

或者是一只小狗

一株植物的名字

同时不能确定的还有

他（她）的故乡是在山东还是陕西

或者随便一块高粱地玉米地

野生草本，随处可长

唯一能确定的是

江小白背着他的村庄

穿过河流，来到我的城市

只要我喝下一口

那个叫南三岛滘脊村的小渔村

便在我的胃里

荡气回肠

冬日清晨

它出现在我的视线里

那是一辆人力三轮车后面的广告:

江小白轻口味高粱酒

山中听溪

遗 物

冬日的苍茫

落在已经枯萎的桂花残瓣上

一只孤鸟在校园的天空下

带着哀鸣盘旋

它灰色的翅膀是孤独的

它低低的飞翔是孤独的

我看不清它的样子

它不舍地寻觅

它是因车祸刚刚离去的

我的女工姐妹

她把从不泄露的悲凉

透过口罩上的眼睛

留给了我

岁末帖

太阳来了又走,月亮也是
有光芒的日子越来越少

桌面上的灰尘厚了薄,薄了厚
词语也越来越吝啬

一条反复行走的路
离开的和留下的人
都带着草木使命

这一年的林间
我不敢回头
越来越多的慌张
像一只只小兽
总在窥视我的无措

山中听溪

除 夕

香气是从清晨开始弥漫的

芫荽和芹菜们在篮子里攀爬

新鲜的香菇沾着露珠

卖花的老板脸带微笑

午后太阳洒下光芒时

我去看望那位七十九岁

失去两个儿子的母亲

坐在她残旧的房子里

有光线在她泛黄的旧棉衣上跳跃

她渐渐温暖的手

被我握在手心里

深夜,妈妈从天上

给我寄来明信片

上面写道:美好的事物

总是带着香气

距 离
——兼致草戒指陈克老师

桂花的残瓣已落入泥土
香气仍留在诗页上
南方的冬日
总有温暖让人流连

我们不曾有交集
就像一首诗里，我们有不同的表述
可是有什么关系呢
关于词语和意象
从来居住在不同的海域

你说异质时，我还是看到了波光
虽然，我一直没有细究过
我们之间，究竟
隔了多远

山中听溪

等风来

中元夜,有雨
傍晚的街道,有人点燃香烛
喃喃自语,仿佛等待
灰烬中的回应

小时候,奶奶总在中元夜吓唬我:
晚上不能出门,小鬼会缠人
如今,这些谎言
我期待成为真实
等一阵风吹来
吹起童年的灰烬
故人在风中驻足

母亲节礼物

大街上有人手执康乃馨

有人提着新衣新鞋

有喜悦和满足在盛开

初夏的清风新鲜地吹着

艳阳也是新鲜的

会不会有新鲜的你

回到我身边

这世间,这一天

我想送出的拥抱和呼唤

它们像风中哭闹着要糖的孩子

找不到相赠的人

山中听溪

秋 日

紫薇花停止了落叶
它好看的花影留给了月色

林中有衰老的蝉在嘶鸣
它们的声音被日月收纳

桂花在风中打开金色的身子
它的芬芳,历久弥香

那年,你说爱我时
枫叶正红,蒹葭苍苍

幸　福

清风羞怯又谦卑
墙角那枚红石榴
幸福地战栗着

夜空中的北斗星
被凡间的人注视
它照耀我，也照耀
我身边的花草

所有的盛开和零落
都是神的安排

今夜，我的幸福
是在巴彦淖尔的草原深处
我被深深想念

山中听溪

父 亲

每天一个人喝早茶的父亲

总是喜欢翻阅旧照片的父亲

不厌其烦地琢磨旧钟表的父亲

每天给我打长途电话的父亲

我从不在夜晚和他说起

关于过往的话题

也没有为他朗诵过写给母亲的诗

我对暮年的他说父亲节快乐的时候

他叫我去看他在果园里

摘果子的照片

臆 想

——写给米沃什

我无法想象你的画笔带来的城市
如同我无法想象你停止衰老时的样子

想给你写信很久了,米沃什先生
我没有经历你的战争
我们却一起在你的树林里走了很久

是的,我浪费了太多上帝给我的装备
年少时错过诗歌
年老时错过爱情
现在,甚至与时光背道而驰

但是,有什么关系呢
我正在晚熟的路上
用你的笔记本记录
用你的玫瑰花引领

山中听溪

就像此刻

我用臆想

在诗歌里构建

我们的重逢

五月的一个夜晚

——写在母亲离世四周年

和所有的夜晚一样

海风平静海浪安稳

诗歌里的词语带着我

来往故乡

它比其他任何夜晚凄清

月亮明晃晃的

像一把刀子

凌晨寅时

收走了我胸口上

唯一的灯盏

山中听溪

合影

渔港公园,小木船,风筝,菊花
都做了我们的背景
这是她在时每天晨练的地方

老父亲穿了中山装
八十多岁的老人,依然健硕
我染了黑发,弟弟戴着帽子
女儿穿了宽松的运动衣
一切如她在世时一样

站在父亲身后
我特意留了个空位
那是母亲的位置

表 白

点香焚烛，摆上酒
还有母亲喜欢的
巴比馒头，蜜橘
此时天空安静
只有白云倾听我们
那支正在燃烧的蜡烛
忽然倒下
我用手把它扶起
一串鲜红的大水泡
在我的食指生出
此时，一阵风
从云上吹了过来

隐藏再深的想念
总有表白的时候

辑二

路上的风景

山中听溪

与诗歌小镇有关的

葵花、格桑花因为家族庞大
被赞美和讴歌
湖边的木质地板,白色西式长桌,高脚杯,洋伞
也因为太过抢眼
被你们拍进照片

在诗歌小镇,在六月
还有很多长在低处的,像流水一样的事物
例如湖边低矮草丛里的婆婆纳,蒲公英,四叶草
例如湖水里被洗刷多年的坚硬石头和水草
再例如在经过的小镇上摆地摊卖菜干萝卜干的婆孙俩

其实,诗歌小镇还有另外一些名字
叫马屋村或者沙山水库
或许与诗歌有关的
正是这些
紧贴着大地的事物

灵潭村的秋天

大片白色小雏菊盛开在田野和小河边

紫色喇叭花随处可见,朴素而内敛

和正在割禾、打谷的大婶有着一样的脸

金黄色、紫黑色的稻谷被排列组合

泾渭分明

仿佛大棋盘上不同颜色的棋子

晒谷场上啄食的鸡

和在田野上啄食的鸡

有着一样的命运

打谷机旁,皮肤黝黑的大姐用浓重的湛江口音和我聊天

她是南雄本地人,长期在湛江打工

只在农忙时候回到家乡,和土地待在一起

给她拍照时,她身后小河里看不到根的浮萍

在秋风中

被吹到远方

山中听溪

夏日拾贝湖

道路两旁的格桑花，小雏菊
三三两两的，隔着几米摇曳着身体
一场雨之后，有的身上还藏着露珠
有的把自己开成了残瓣

路边有人在跑步，有人在拍照
边走边说话的人
把落日当成了同行者

不远处野生桃树上的果实
被虫子慢慢啃吃
过些日子，当它们身上美好的部分殆尽时
就该落入泥土了

远处云朵安详，山色润朗
绿色从嫩绿到苍绿，过渡自然
仿佛顺应是一件多么美好的事情

湖边，有人在树下行走
影子越来越小，直到消失不见

苏州河边

五月的清风穿过玫瑰花和绣球花

在途经的人脸上蹭来蹭去

河边很多咖啡馆和小酒馆

时光在这里得到最好的售卖

河边低矮的石凳上坐着很多人

戴着耳机听歌的，看书的，聊天的

每一个都是我想遇见的

河面上摇桨的大姐穿着靛蓝碎花小衫

像刚刚从《诗经·秦风》里走来

美好的事物是如此贴近

却又遥不可及

就像一部古运河史

有了新鲜的注解

山中听溪

从雪谷到雪乡

其实就隔着一座山的距离
马拉爬犁从山脚进入林间
雪从马蹄落下
从各种颜色的靴子落下
除了白皑皑的雪,只剩下褐色的树干和枝丫
一种盛大的荒芜在盛开

越往上攀爬,被雪掩盖的事物越来越多
在山顶,连小草和树干都失掉了本色
这座叫凤凰山,也叫羊草山的山
白茫茫的一片,让我有瞬间的错觉
仿佛人间再没有黑暗,没有疾苦

下雪的时候,什么都可以消失
包括我们在路上看过的风景

十二月，天池的风

海拔两千六百米的山顶

十二月凛冽的风吹向所有事物

铺满白雪的栈道站满了人

贴着暖宝宝的手机和颤巍巍的双手

都在经历时间的考验

有人小心翼翼越过绳子围栏在悬崖边上拍照

有人战战兢兢站在倾斜的冰面上做飞翔的动作

而天池的风不一样

它肆意、狂妄

不惧怕消失，也丝毫不在意

跌进结冰的天池

它从不展示自己

却时刻提醒我们它的存在

我伸出只能在风里停留半分钟的手

拍下天池上空偶尔展露的七彩光线

如果天池的风有形象

那一定是长白山上结冰的山峰

和岳桦树弯曲却坚毅生长着的躯干

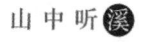

秋天,在金沙生态园

天空的蓝是鱼鳞样的

小桥下的鱼儿自由穿梭于白云间

生长了十八年的榕树

有着长长的气根

它们见证了太多的尘埃灰飞烟灭

凉亭空地上铺满落叶

回归从来都是安静和充满仪式的

我们在后园喝茶聊天

黑茶的浓郁和桂花的清香互相致意

这难得的重逢

我们不停拍照

想让身后的背景更加简洁干净

最好只留下天地和清风

我忽然发现

我对气息的把控还不够老到

所幸还有着

那只被惊吓后还能自在飞翔的白鹭般的从容

在韶阳楼,我们有不一样的乡愁

我们在夕阳里谈论森林公园

它的地理位置以及植被

风从山脚下一直追赶

三个不同籍贯的外乡人

夕阳落下

香樟树的影子,小松鼠的影子

还有我们各自的影子

落在身后

而我们越走越远

韶阳楼在森林公园最高处

我们到过太多最高处

那么多城市的缩影在眼下

湖北天门的,江西吉安的,广东湛江的

和眼前的

一样,又不一样

山中听溪

在韶阳楼

我们拍合照，单人照

留下一小截沉默时光

有比冬日小草更顽强的东西

在疯长

对乌石海滩的想象

喝酒,在沙滩上拍下落日

以不同的姿态走向大海

不同声部的潮水送来

各种不同的命运

人到中年,还有什么想法

比沙滩更无奈

既不能融入,也不能后退

还要背负着众多使命和各种践踏

在乌石海滩,那么多的棕榈伞

随波逐流

它们在等候需要庇护的,和

看不见深渊的人

山中听溪

登巴寨

气喘、心悸、脚抖之后
抵达山顶
此时天空低沉，云朵苍茫
雨正在来临的路上

有风吹过崖壁上的黄色小花朵
吹向我，从不说经历过什么
它们意志坚定，从容淡定的样子
让我羞愧

在山顶，我们谈起曾经的理想
那些像风一样消失的
不过是过眼云烟
站在顶峰圆梦台狭小的岩石上俯瞰
群山寂静，众树安详
仿佛人世是一场不可多得的超度

在水口村看梨花

在水口村的小山坡上，她们热烈盛开
那铺天盖地，汹涌而来的白
让光线失去平衡
我仿佛落入一场雪

这些朴素谦卑的小小子民
她们簇拥而居，抱团取暖
她们长着同一张素脸
她们是刚刚在水口村桥底下卖萝卜白菜的大婶
是我乡下既要种地还要带孙子的大伯娘

正是这些素脸
朴素的干净的白
此刻，我看不到生活里
不可言说的脏和累

山中听溪

落在田野绿世界的光

诗人们在草坪上临时搭建的舞台朗诵
阳光渐渐明亮起来
一只斑鸠在乌桕树上停留了很久
风带着暖意穿过光阴
这不可多得的冬日

诗人是收集者
吴少东老师收集了落叶,血光和烈日
冯晏老师收集了软弱,疼痛和子弹
广场外面的草坪上
张二棍老师一笔一画写道:
要愧疚于一切细微的光
这时候几乎所有声音都消失了
只有笔尖落在纸张的沙沙声
仿佛光的忽然降临

鹤鸣洲的雾

陌生的街道铺满未知

左转，右转，往前都是小巷

每家门环上有樱花紫藤或者芭蕉叶留下的影子

我来的时候，不知道这里

有江南

雾是后来出现的

才子佳人从雾中走来也是后来出现的

他们手拿诗书或者折扇

仿佛这里需要被吟咏

被打开

一切美得荒芜

美得空无一物

以至于我刚刚抬头

身边有良人

擦肩而过

山中听溪

在上岳古村

四面八方的人带着妆容

来到小池塘跟前合影留念

池塘里的荷花早已枯萎

根茎和叶脉还在

有老妇人坐在祠堂墙角板凳上

用疑惑的眼光打量

用听不懂的乡音隔离

仿佛进来的是一群入侵者

数不清的镬耳墙

谜一样的左邻右舍

我想深入,却没有入口

上岳古村用"归仁里"这块牌坊

阻隔了陌生的风

洱海门

洱海门的对面是大院子村
现在村里全是客栈
广东话，湖南话，四川话，安徽话
每天在这里新鲜地响起

洱海门里外全是做买卖的
各种姿态，只要你愿意
卖得最多的是
经过和离开

我在洱海门里面给女儿买了一顶手编的橙色帽子
它会让我想起一个文艺的夜晚
一座风情的古城
仅此而已

山中听溪

大理电影院

看到这几个字时我是惊喜的
更让我惊喜的是
影院是露天的
正在播放一部爱情片

这年头,能暴露在众目睽睽之下的事件实在不多了
哪怕不是真实的
特别是关于热爱这件事

露天的好处在于自由
自由来去和表达
自由追求那些不一定能拥有的事物

在大理露天电影院
我看到搂抱在一起看电影的情侣
还有背后默默关注的人们

夜走丽江古城

是的，我把白天给了其他遇见
例如在束河古镇发呆一个下午
例如傍晚在某条不知名的大街吃一顿水煮牛肉
晚上八点以后，夕阳慢慢在古城落下影子
青石板阶梯带着流水一样的人们往下流淌
入夜以后的四方街并不美
玫瑰被制作成果酱失去了鲜花模样
月亮在通往古旧的路上被少女拦截
怀旧唱片比各色小吃更具吸引力
古城往左往右都是谜一样的小巷子
如果还有什么是原汁原味的
只有小巷子深处看不懂的土著人家

山中听溪

立秋日登桂花潭

从一条上山的小路开始

八月的繁茂与凋零交替呈现

桂花的清香依然浓密

羊齿状的蕨类停止了生长

枫树乌桕树的叶子已经变红

我们一边走一边谈论过往

给不时飘落脚边的枯黄落叶拍照

溪水从山上被搬到了山脚下的寺庙

庙里的住持换了好几拨

多年前在潭水前牙牙学语的女孩

忽然说了一句：能改变命运的，从来只有自己

我望着几近枯竭的瀑布飞流

尽量让自己看起来没那么慌张

在汪汤村看银杏

穿过残败空置的泥土房
在一个叫汪汤村的后山上
银杏叶落了满地

每天很多不同的人
从不同的地方来
参观，拍照
不同的姿势和表情

村口遇见几个老人家
在泥土房前的沙地上晒太阳
相同的日常，一样的老旧
就像纪录片的几个剪接镜头

飘落并不引人注意
是金灿灿的黄，让贫穷
如此刺眼

山中听溪

曹角湾的秋天

刚进村口,遇见的大多是老人
他们就像这个季节的黄豆,花生,玉米
随意散落在田野,路旁

村口旁的小池塘里
荷叶正在慢慢枯萎
留下好看的阴影
两百亩蟹黄菊在地里盛开
这大地上真实的虚幻

路上推着平板车归家的大叔
挑着花生从我身边走过的大爷
在晒谷场上收稻谷的老年夫妻
这些秋天的果实
落满盛大的人间

遵义的月亮

在景山路，重美大酒店 1201 房
我只是打开窗帘一角
月光就彻底把我照亮了

窗帘外面是陌生的街道和人群
柳树的叶子泛着新绿
我刚刚在汇川区见过一位诗人

我们喝小酒，聊当下的诗坛
月光在屋子外面照耀着
像一杆天平秤

它并没有因为陌生
而忘记
照耀我

山中听溪

夜宿茅台镇

酒香漫过台阶时
星星正落满半山

赤水河边,小商贩叫卖着各色烧烤
没有喧嚣,没有酒

酒是额外的
欢喜心也是额外的

在红军纪念园顶峰,我看见
一只鸽子飞进陌生的夜色

在茅台镇
所有事物都是飘升的

我的灵魂,超越了
我的肉体

在娄山关西风台

登上海拔 1772 米的西风台真不容易
缺氧，耳鸣，心悸
仿佛一条不归路
还要做好和悬崖上的野花共沉沦的准备

想来娄山关的风是深有体会的
它们耐住寂寞，迂回曲折
但是步伐坚定
在顶峰，它们看得最多的是
那些默默无闻的小草

在西风台，我没能握住一缕风
我只看到那些聊以自慰的词语和
一条上山的路

山中听溪

在应山村

几个孩子,坐在祠堂门槛上
脸上溢满笑容
他们天真的样子
就像门外老树长出的嫩芽
古老与颓旧,只是唇边
掉落的门牙

走进农家小院
老人的朴素,孩子的生怯
加深了村庄的宁静
桥边翻土的大婶
用浓重的乡音细数庄稼

六百多年的石拱桥
是一柄发黄的折扇
所有的风景
都折叠在扇里

黄昏桥下，渔人的破旧轮胎

划开金色波纹

应山村的一天

落下完美句号

应山村，这个地图上

找不到点的小山村

时钟的指针停顿了下来

日出和日落

是村庄送给外面世界的

两粒精美纽扣

山中听溪

南水湖的黄昏

湖水在日落的时候分娩出大片金子

有人在湖边拍照

野菜芯在龟裂纹的泥土里

谦卑地低下身子与我相认

沿着湖边走一圈

不知名的鸟儿从湖面掠过

更多未知的事物在湖底慢慢生长

就像我们未知的余生

平静的背后一定衍生着盛大

待我回头时

黄昏已经把巨大的秘密

投入湖中

南华寺参禅

穿了宽松的袍子
阳光在我出门时
洒下光芒

抵达南华寺,有雨
鸽子在雨中起落自如
僧人廊下来回不语

身处佛学院、居心斋
檀香缭绕,除了香气
仿佛还有什么
在我的身体里
停留了
那么一会儿

山中听溪

梅岭寻梅

白梅

先是一枝小脚丫
然后是满树笑脸
这个叫白梅的姑娘
像被掀了盖头的新娘
阳光悠然一闪
就染白了整座山

我像不经意走过
又像三生有约
那些我们从未有过的纯洁
包括爱和忧伤
慢慢地
打开了白色的花瓣

蜡梅

整座山峰

只有香气在燃烧

这山野的引领者

这人间最小的天使

我喜欢这些温暖

这些淡淡的黄色花蕊

它们落下,比尘埃还要轻盈

它们是我年少时

遗落在山谷里的

爱情

在坪山

一个与桃花有关的小镇子

在山坡上,盛开的

除了云朵和桃花

还有安静

山中听溪

上坡路上遇见的老婆婆

她有着和我母亲一样的步履蹒跚

是我熟悉的

卖桃胶的小姑娘

脸上桃花一样的容颜

是我曾经拥有过的

在坪山

一朵白云或者一缕清风

随随便便就见证了

我们草木的

一生

南城之夜

潮湿,闷热
让人想找一块清凉之地

一只断了半截后腿的猫
和我有着同样的疑惑
它再也走不动
它想飞跑的部分被折断
我在和它的对视里找到答案

不远处,几个背心少女
站在马路中间
我有一瞬的恍惚
乡下竹篱笆上的喇叭花
开了
在南城,在银丰路
一种巨大的虚空
加深了夜色

山中听溪

厚街印象

那个自称李疯子的人

和我素未谋面

他自告奋勇来接站

这再次证明了

诗歌是一张名片

他把我带到他的厚街作协诗人们中间

羞愧是有的,这源于我

许久再没有写出一首好诗歌

哦,请原谅

一个没有诗学理论

只有生活情趣的人

请允许她

折身走回生活

在厚街

一个叫李疯子的人

是我对厚街的全部

印象

黄江之夜

温热的,流动的
并不需要过多搅拌
从一杯咖啡开始
所有重逢都带着新意

旧唱片,一叠厚厚的旧童话书
有矫情的并不刻意的风
吹过不再慌张的脸
这一切或许是上帝的旨意

我从没有感觉失去过
也从没有打算赢回来那瓶酒

它静静地躺在藤椅上
至于突如其来的那场大雨
它刚好把冲走的记忆
又送了回来

在黄江,抵达灯芯
合上眼帘

山中听溪

过　客

水头村，潭洞，高冈
这些名字，在车窗外
被时间一带而过
我从没有停留过
倾听村庄
翻动自己的声音

天下的村庄大概都一样
被广袤的田野包围着
人和牲畜，禾苗共同饮着地里的水
吃着老天爷给的粮食
爱着睡在地底下古老的人

对于湛江南三岛滘脊村来说
我不过是沙滩上一粒
被海浪推过来又送出去的
沙子，某一阵海浪之后
不知道自己身在何处

春天的水口村

油菜花的金黄色被挥洒得到处都是
风温柔地躺在花影下
流水一副岁月静好的样子

一群孩子从开满花朵的田埂上跑过来
与我撞个满怀
有香气划过空中
也不知是哪家的花儿
偷跑了出来

走在原野上
我被热烈的眼光包围
又轻又暖的事物随处飞扬

山中听溪

走过西湖长桥

其实,这里的长桥不长

山伯和英台的情话没来得及说完

一只水鸟便飞进初秋的天空

岸边芦苇哗哗的响声

试探着旅人的脚步

八月的西湖,仿佛有

眼泪在一闪一闪

白素贞和许仙在这里相遇

两边的荷花正怒放

走过西湖长桥

我什么也没想

远处的湖水

渐渐陷入平静之中

在梅岭

（一）

在梅岭，五月的雨是饱满的

仅仅几滴，就让一群远道而来的人

记住了它的热情和湿润

暗香浮动和风的硬骨

在驿道上站立千年

听，吹过北宋的风

如今吹向粤北和赣南

曾经指点江山的人

被写进岭上的一碗茶里

梅花，是那支

泼墨的笔

看，东坡正吟着梅花词

从驿道走来

经过的人，不觉间

都沾染了梅魂

山中听溪

（二）

山道两旁有溪水和蝴蝶

一千三百年的时光

在它们身上流过

留下清澈和安静

木荷白色的花瓣

被风传递

它们安详的神情

仿佛旧时光里想念的故人

仿佛低处的人间

有暗香袭来

（三）

古道上凿光的人早已走远

只留下白色鹅卵石

在脚下硌痛我

他寄来的"海上生明月"

被我用驿道上的青苔

一遍遍擦拭

我也是南迁客

驿道两旁古朴的石磨，白色月光

和梅花的香魂

都是我祖辈南迁的见证者

而那些生疏的乡音

像在等着谁认领

山中听溪

在新田村

它在颓败,在时间的版图上
几个世纪的影子
印在已经断落的墙垣上

没有遇见的故人
藏身于村口的古井
他们栖身的房子
披满晋代的云朵和明月

走进印有褪色喜字柜子的土坯房
在拐角的木楼梯上
蘸着唐朝的月色
炉灶上的锅盖
被诗人庄凌用后现代的纤手揭开

这里,没有我们想要寻找的答案
我能想到的,只有一个词
美人迟暮
这里,只有村口两旁年年盛开的紫色风信子
配得上它的名字

我在村口的古井里照了照镜子

千百年以后

我的后人能在这里

看见我的影子

山中听溪

断桥残雪

该怎样来描述你的断
是用如血的残阳,还是开败的荷花
是曾经缠绵的双唇,还是不曾有过的拥抱
这样想的时候
观光车已经驶离白堤
而桥上站满了人

我也曾在桥上等雪
等雪是为了见证相连
桥和雪的相连,白茫茫一片
就像世界的虚无
我和你的相连,不过是虚无里
看不见的两粒雪

如今,我只是
观光车上的旅客
经过断桥时,我看见
桥上依然站满了人

冬日,偶遇邻村男孩

春天过去很久了

他在盛开

用比天空还要灿烂的颜色

点燃我心中沉默已久的童年

他在草丛里练习飞翔

在红土地上学习攀登

他许许多多的提问

像吹过红土地的那些风

干净简单,没有尘埃

他略微羞涩的脸上阳光般的笑容

让一个异乡女子心中的那片海

无端起了风浪

山中听溪

姑　姑

她的手掌是一片海

她用这片海养活了五个孩子

六岁之前，我也是吃着她送过来的

海边红心鸭蛋长大的

如今，这片八十八岁的海

成了背风的帆

我抚摸她变形的桅杆

波涛汹涌的海，宁静如镜的海

都在我的掌心里

陪父亲到大王庙

其实,就是个海边的小庙宇
求婚姻的,求工作的,求发财的
求生子的,求当官的
据说很灵验

我只是在海边
拍了一组照片

庙宇坐落在灯塔村
我在海边陪伴父亲的时刻
我相信它记录了下来

山中听溪

在芦苇中间

如果要为岁月写一曲挽歌

我一定选择芦苇作为意象

这不仅仅是它们举起的那一面面白旗

让我敬畏,还有它们

空洞而又苍茫的内心

始终如一

盛不下世间的任何尘埃

仿佛从出生开始就为了白头

白茫茫的一片,就像伸向远方的手

在它们中间

我必须低下头

像个做错事的孩子

等待母亲

领我回家

六月的荷塘

它们各自安静
生长着自己的模样
我低我的头
你望你的天
偶有田螺穿行在
它们的裙子下
泥是污泥,水是清水
这里是尘世的远方
我只在叶子和花中间
搬运时光

山中听溪

九月最后的黄昏

格桑花在暮色中越发饱满
秋风打着虚无的旗帜四处游荡
鹅卵石小路在远山注视下沉默
羽毛早已迷失在远方

在西京古道
白色的荞麦花占领大片山冈
仿佛布满危机的人间
随时有沦陷的危险

九月最后的黄昏
赴京赶考的人尾随秋风
前赴后继
有人在苍茫间
双手合十

辑三

虚度

山中听溪

虚 度

仍有未老之心

在冬日奔跑

深紫玫瑰坐在枝头

等待微风轻抚

小狗在红色鞋子旁嗅来嗅去

它正年少,它正在热爱

午后盛开,清风薄阳

芬芳在花朵和枝叶间蔓延

美,在所有事物中传递和延续

它们并没有羞愧感

它们不害怕消失

虽然,时光的刺

已经深入肌里

一个,无数个

春天的,秋天的

这样的午后

我总是坐在这里

辑三　虚度

化　妆

穿着黑色大襟衫的她

安静躺着

任由化妆师为她画眉涂粉点唇

这个没有用过眉笔口红

却心底亮堂与世无争的女人

这个只在冬天用七日香雪花膏

一生化妆不超过三次

却比月亮更美的女人

这个被我叫作母亲的女人

在赶赴死亡这个盛宴时

耐心而又完美地

呈现了她最后一次的

妆容

山中听溪

春天的公交车

暮晚放学时分，大片盛开
从城外蔓延到我身边
这些红蓝两色的校服
开成了花的海洋
他们一朵挨着另一朵
有的四目相视，窃窃私语
有的干脆把远处的
青草味道
搬了过来

这些带着饱满汁液的新鲜花朵
在春天，没有秘密
挤在他们中间
我用已经衰老的叶纹
继续苍绿

辑一 虚度

遗 憾

昨天，我还在医院看过她

一个和癌症抗争一年多的苦命女人

因为瘦弱落形

我不得不看过床尾姓名

才敢叫醒双手无助地放在头顶睡着了的她

她曾和我聊起她的丈夫孩子

也是这样一脸无助茫然

仿佛她从来没有舒心过

就在刚才，她刚刚结婚几天的女儿

给我打来电话

小声哭泣着说：

以后再也不用到医院照顾她了

我遗憾的是

再有两天就是三八妇女节

她没能看到我描述的

盛开和

零落

山中听溪

春夜，想念母亲

隔着玻璃，雨声轻柔

落花碎瓣散发着最后的香气

黑暗中的事物安静而耐心

时间这个局外人

还在试图撬开四年前

你紧闭着的嘴

仿佛一切可以重来

你重新交代未了的心愿

除了聆听，我别无他事

这样的夜晚，因为想念

窗外的雾气

格外浓重

二〇一六年的最后一天

要允许一些画面

从早上开始浮现

不管清晰还是模糊

花开到花落

不过是个过程

午后，最好能有一首诗歌

不管写于深夜还是黎明

它都是本真的

一如我

遇见你们时的样子

晚霞落下去

最后那抹夕阳

送来一曲《渡红尘》

慰藉我开裂的脚后跟

伤口有时也是思念在绽放

此时，如果还有几张照片

一定是妈妈从天堂

寄来的贺年卡

山中听溪

冬至一组

冬至,晨

天气预报说有雾
15℃—23℃
我穿了薄棉袄
依然感觉后背冰冷

我的咳嗽已经很久了
医生说,到南方海边去吧
那是最好的一剂中药

冬至,黄昏

下班路上
随着一声清脆童声:
爸爸,快看,有鸟飞
我抬头,鸟早已飞过
天空依稀辨月

辑二

虚度

有些抬头看不见的

低头

一定能

看见

冬至，夜

这只是个普通的夜晚

母亲在云上

父亲在故乡

我们都没有吃饺子

这个起风的夜晚

我走在异乡的街道

风吹过，叶子

落了一地

山中听溪

呈 现

垂钓者在江边
独自甩着优美的弧线

阳光吝啬,并不照耀渴求温暖的人
风直接越过江水吹向岸边

立在岸边的石块被风摩挲
纹理越来越清晰,像一张苍茫的脸

穿着黑白棉衣的少女无声走来
她走了很远,我才惊觉
流水也跟随她走了很远

往　事

她多次写到镜子

其实不论遇见，擦拭或是撞上

最终都会模糊，破碎

消失

就像她，常常在黑暗中抚摸

那些不知何时生长起来的

皮肤上的斑纹

骨骼里的皱褶

有时摸着摸着

镜子破碎

鲜血流出

月光像雪那样

把所有

掩埋

山中听溪

来自菜市场的谈话

菜市场的路口遇见她
一个将要离世的人
面色蜡黄,眼窝深陷
就像地上的一片落叶
她忧郁着,对我说
能多走一次真好啊
这是人间的路

菜市场里,他也在买菜
五十刚出头的男人
苍老,瘦弱,憔悴
他苦笑着,和我聊起他的妻子
脑出血,瘫痪,植物人,住院两年
积蓄散尽,欠债
然后说到他自己
送快递,照顾妻子
陀螺一样,每天
睁开眼睛转到深夜
他说完那句:还好,还活在世上
就转到别处去了

从菜市场出来

阳光忽然暗下来

关于生死,一些面孔

清晰起来

辑三 虚度

山中听溪

又是九月九

没有菊花也不见茱萸
一个淡如菊香,卑微如草的人
不需要这些

她在桂香弥漫的城市
穿过桂花的街道
找到我
两个相信轮回的人
在同一种气息里
抛弃了时光

墙一样的暮色落下来
我和她,成为彼此
九月九的一部分

拔　牙

坐上那张诡异的椅子

心变得不听使唤

"放松，张开嘴"

熟悉的男声在耳边

他技术高超，医德美好

他把让我疼痛的部分

连根拔起

我知道，我有过体验

更深的痛

在接下来的时光

犹如身体里

那些空出来的位置

永远无法再被

填充

山中听溪

热 爱

凌晨三点

城市寂静到被遗忘

风带来远方

月光越过栅栏照耀我

一只蟑螂,用颤动的触须

提醒我

这世间,还有

触手可及的

热爱

辑二 虚度

自画像

酷爱甜食和涂鸦

放任自己，在音乐的流水里

一意孤行

小资，女人味

忧郁如秋天

常常把月亮当母亲

有草的地方必定低下头

喜欢独自建房子

一个已过不惑

依旧爱做梦的女人

请允许她

自娱自乐地

弹唱

山中听溪

中元夜忆母亲

沿着河边行走

是找不到界限的

有人在堤坝角落点燃香烛纸钱

也有人在远方盼望

我一直不相信

灵魂回归这回事

可是这些年来

每次我喊出一个名字

总有一盏灯

在我眼前跳跃

午 后

——写给陈润生

阳光舒适,天空瓦蓝

他到来

头戴红五星军帽

身边是他舞文弄墨的小小孩子

他正在写一幅字画

字里行间藏山隐水

藏着他走过的路

我们之间交流不多

他对我说出女神午安的时候

我站在窗边的影子

被风轻轻吹动了一下

他对此

一无所知

山中听溪

河 流

要允许它干枯

干枯也是一种呈现

当河流像冬日芦苇般

只剩下躯干时

他们说的炸弹坑便呈现出来

我忽然想起那年

那个已经记不起名字的小学同学

就是被这条河流的炸弹坑

带到很远很远的地方

河流带走的

记忆留了下来

木 门

万物的最终去处在天上

这样想的时候

母亲正穿着枣红色毛外套

在天堂的院子里练功

冬日晴好,有风吹来

香气在唇边荡漾

想起她曾说过的话:

我在天上看着你

抬头,仰望,院子的木门正徐徐打开

咿呀声轻轻传来

万缕光芒洒下人间

山中听溪

夜走观海长廊

所有的碰撞

柔软而湿润

当海风碰撞面颊

当泪水碰撞回忆

当孩子们的笑声碰撞空气

我在观海长廊漫步

有歌手唱着伤感的情歌

共鸣的人,总是忘记了

鼓掌和救赎

原来人间那么多的悲苦

来自演绎

妈妈,我不是出色的观众

我没能忍住

思念带给我的悲伤

归 途

列车开进夕阳

车上有各种气息

我在其中

夕阳洒下光芒

照耀万物

车厢里有人高声谈论

这片土地的

荣枯与腐朽

他们忘了

自己正被光芒照耀着

突然一个孩子大喊:

快看,红色的太阳

飞起来了

我抬眼车窗外

一轮落日

是血色的

山中听溪

其时,我正在阅读

聂权的《下午茶》

刚好读到:那个孩子

成为几道菜,被端了上来

血色落日抱着铁轨

沉沉地压了下来

小 暑

树丫上的蝉

大清早已经开始聒噪

它要控诉的人间

悲哀永远多于困惑

上班路上，所有植物

都暴露于阳光下

阴影一定存在

一个早上，我在捣鼓

办公室的小盆栽

我用手机拍下它们的影子

不论从哪个角度

曝光就是不全

整个上午，微信朋友圈

被洪水，决堤，"七七"抗战纪念日

刷屏

山中听溪

小 满

雨水是满的
落叶是满的
涂了蜜汁的空气是满的
今天我抚摸过老人额头的手
沾的香气是满的

母亲,在五月归来
我的爱
是满的

辑三 虚度

初　夏

其实，那片荷塘是干枯的
站在桥边，她看的只是光影

多年以前，骑行几百里为她
采来荷花的少年早已埋在
不知哪儿的泥土下
那一年他们读字典里的"人生"
读《沙扬娜拉》
仿佛人生是从沙扬娜拉开始的
他叫她小小，她叫他总统
他们常常手拉手在河边散步
初夏的风吹过两张不知愁的脸
身后，是被夕阳拉长的两个影子

桥边，她抖落青丝
一张旧模样，在
枯叶间传递

山中听溪

退 出

雨水退出

它终于浇熄了

不该燃烧的火

天空清澈

它依旧拥有

白云澄明的心

和晚霞一同退出的

还有我们

虚无的爱

辑三 虚度

边　缘

被驱逐被赞美的黑暗

向四周漫延

那小鹿一样的心跳

沿着草原奔跑

城市没有边缘

黑夜没有边缘

如果思念是万顷草原

我依旧奔跑在

去往你的

路途

山中听溪

依 旧

请不要用逃亡一词
也没什么值得逃亡的
无非是日子攥着日子
心攥着心

至于天空
依旧辽阔
飞鸟和翅膀
依旧是它的一部分

至于我和你
曾经被闪电击中
如今,我们回到
依旧的单行道

辑三 虚度

参 照

每读一首写给母亲的诗

我都会看作者和写作时间

如果是个女儿,我会想

她是不是也受着遗憾的煎熬

如果是个儿子,我想问

思念是不是如刀割一般

而我反复计算的是

月亮收割母亲之前

我还有多少被照耀的时光

虽然,这个参照

已经不可挽回地迟到了

山中听溪

雨　滴

　四月的最后一个黄昏
我来到植物们的中间

雨已经下了一整天
除了滴答声，我还看见叶纹

悲伤是看不见的
它不是雨滴

一个春天的傍晚

口琴声在江边,在栈道的尽头

被风捡起,被天空传递

花草的香气在飘荡

这个时候,父亲电话里的声音传了过来:

你那儿下雨了吗?我正在小面馆吃面

抬头,一只不知名的鸟儿在我头顶飞过

这个春天的傍晚

那个吹口琴的少年

那一曲《北国之春》

还有远方的父亲

加深了暮色

山中听溪

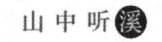

在一小片雨水的倒影里

一场雨，在清明的时候来了

它们带来湿润的泥土

零落的白色桐花

和消失的过去

那么多照片

在小水塘里

黑白的，彩色的

不需要冲印

画面瞬间闪亮起来

仿佛农人的犁铧溅起水花

仿佛圣母的双手划过

我在一小片雨水的倒影里

抱住了微笑的你

祭 奠

既然场景已换

背景音乐消失

那么,请转身

那个古老的游戏

我们退出

曾经,说起远方

仿佛去奔赴一个人

曾经,两双举起火把的手

耗尽了词语的所有想象

秉烛夜游

只是岁月画下的一个句号

如今只有沉默的风

温柔祭奠

山中听溪

惊　蛰

我只是往一杯苦咖啡里加入三勺奶粉
它立刻让我有了全新体验

这是惊蛰
我的诗歌还在沉睡
或者说，我的思想还没有醒来
醒来的，是我的味蕾

这样一个小添加
是盐是醋是酒
甚至是黄连是辣椒
我都想把它推广
推广到
已经麻木的
生活的各个领域

春日照片

一座春天的城

在栅栏后面

为我的虚无做了背景

桃花和油菜花都有了各自的爱人

它们开得盛大而张扬

像我读过的赞美诗或者批判辞

这多么让人羞愧

除了真实,善良和热爱

我一直在向大地索取

山中听溪

晾　晒

春日的阳光一低再低

它要把还没醒过来的

种子，叶芽，蚯蚓和地下那么多的灵魂

都叫醒

还有那些发霉的旧物

一直穿在我们身上

譬如突如其来的莫名忧伤

譬如深夜的怀念

譬如时时困扰我们的

新愁旧爱

都拿出来

春阳热烈

适合晾晒

G 小调

其实不必去区分 G 还是 F

我也实在不会区分

我能做的，只是任凭它们的引领

前行或者拐弯时

带给我的愉悦或者忧伤

更多时候

它们像爱人

安静倾听，是我们

唯一的交流

就像昨夜

下了一夜的细雨

G 小调就在我的窗前

响了一夜

山中听溪

活 着

一点一点撕开,倒出

苍术,荆芥,苦参,蝉蜕,知母的粉末

一如撕开隐藏很久的面纱

身体里饥饿的蚯蚓一条一条爬出来

它们一再拷问我

活着的理由

这些让我苦不堪言的粉末

难道是我

活着的见证

陌生感

两朵盛开的桃花

中间隔着荡漾的春风

陌生感没什么不好

至少两朵桃花没有相互触碰

它们不知道彼此身体里的

温度和水分

它们猜测不到各自世界里的风雨雷电

它们甚至不需要顾忌

随时而来的微笑和痛哭

这样多好啊，这陌生感

让时间在背后发声

让突如其来的慌乱世界里

天气，道德，人类，爱情

被通通丢掉

山中听溪

拷 问

黑色衣服配白色围巾

或者说,在白天戴着阳光灿烂的帽子

在黑夜里守着孤独的豹子

都是同一个世界的事情

又或者在白纸上

画下粒粒黑色珍珠

让它们在纸上燃烧

化成白色灰烬

这如同道德和拷问

谁是黑谁是白

既然无力回答

我只能让它们在我的世界里

一遍遍预演

时 光

她反复写到年历书,"奇迹"牌小火炉

坚硬的泪珠和孩子们画的一所房子

她并不知道,她的别处

已经有人住进去,如同此刻

新年的第一声鸟鸣

已经穿透坚硬的云层

穿透昨夜开花的树

送来清晨,阳光和远方

还有那么多的叶子和泥土

香气和奇迹

还有一栋房子和房子里的人

如果房子和房子里的人都老了

那么,请直起身子抬起头

嗅一嗅空气中的香气

"是播种泪珠的时候了,说话的是年历书"

哦,面对流水一样的事物

我已经缓下脚步

山 中 听 溪

相 融

我想迎接的那场雪

落到我手上成了雨

南方和北方

不过是一艘行将靠岸的船

和岸的距离

而眼下,我们的左手和右手

不停反复练习

打开,进入,释放

生活的内核,总有惊喜

让我们念念不忘

当然,我们也练习

生气,和解,抚摸和热爱

练习沉默和拥抱

一如那处厚重深沉的岸

练习接纳

它小小的

船

夕 阳

他们谈论夕阳真美的时候

我正靠在大巴车窗边

看着那血色,一点一点

漫过群山,江河

忽然而来的慌张

像身体里的一颗螺丝

被抽紧了一下

我害怕我的江山

将被夕阳无声漫过

留下来的亲人,会

越来越少

山中听溪

秋夜的风

月色在花园里散步

随手把枝丫涂抹到墙上

秋风举着星星四处游荡

香气渗透至石缝里

有影子

遗失在明亮处

我试图拔出黑暗中的脚

秋夜的风

把我又爱了一遍

失 眠

一次次被月光点燃

又一次次被诗歌催眠

整个夜晚

在春风荡漾和蒹葭苍苍中

轮回

仿佛爱与被爱

仿佛一生

山中听溪

昙　花

你把整个夜晚点燃的时候

我正低头寻找与夜无关的词语

例如盛开，例如忧伤，例如爱

还有一些正在赶来的气息

它们以深刻和细腻

漫浸我

当我抬头

一列火车正穿过我的身体

它有着不可言说的

抵达

黄　昏

黄昏降落在我身上

桂花树下，一只虫子慢悠悠从我脚边爬过

不远处树枝上的鸟儿

欢唱着喜悦

桂花的香气，慢慢渗透过来

云朵在天空俯身

看落日把我一点一点包裹

我安静又美好的

爱情

在远方

山中听溪

方寸之间

要把一盏灯
从心上取下来
看来
是不太可能了

手伸出去
是燃烧，是火焰
手缩回来
是埋藏和抵达

方寸之间
总有一阵风
一个呼唤
让我无处藏身

辑二　虚度

失 措

万事俱备

只等你胸口上的风吹来

我便为一次汹涌

找到借口

远处，你的密语

带着咸味

近处，几个吉他歌手在唱：

今夜，真的真的很想你

黑暗中的浪花

忽然集体跃起

我为自己的毫无准备

惊慌

失措

山中听溪

秋天来了

午后或傍晚,总有一场雨

除了湿润,还带来缓慢和光影

例如花草,例如河流

例如草叶上的露珠

秋天来了

所有的时光都远了

我站在苍穹下

仰望白云

它们一会儿高,一会儿低

像我少年放牧过的一只风筝

我看着越来越高的天空

我看风吹起所有

又吹落所有

生日感怀

清风柔软，花香细腻

时光的窗台总会有风景

留住我的目光

生命中那些伤口和泪水

那些爱过的恨过的人和事

都成了淬火的熔炉，涅槃后的灰烬

所幸，昨天的落败已被今天原谅

远去的，还在身边的人

依旧爱我

我依旧做我的梦

培养越来越倔强谦卑的个性

像一棵草

一棵葱绿了五十余年的草

一棵被光影遗忘的草

山中听溪

慢时光

树荫在光影下斑驳

筷子碗被缓慢的流水冲洗

大理石灶台被反复擦拭后依旧有尘烟

不远处树荫下有人打伞走过

蝉停止了嘶鸣

不用过多久一定有一场雨

打湿窗台上茉莉花的叶子

这几乎是铁定不变的场景

就像我给你打电话的那些午后

你总说你在治疗仪上做血液循环运动

仿佛你的血液里只有等待

仿佛你做的运动

也只有等待

如同这个夏日午后

我手拿咖啡站在窗前

想着有关你和流水的往事

窗外的光影,忽然

都停下晃动和跳跃

那时,你还在

那时,我未老

辑四
夜里写诗的人

山中听溪

夜里写诗的人

风把满地白银

吹进房间

一只杯子被反复清洗后

有了暖意

夜里，除了风声

没什么动物发出声音

时间的玫瑰在凋落

守门人在打瞌睡

我用力捂紧的声音

被谁敲击

我正在写着的词语

被谁借用

而明天

在一首诗里

打坐

六月，无非是……

六月，无非是
某一天成了纪念日
《庐州月》在这天忘了停歇

六月，无非是
海水遇见沙滩
闪电陷入身体

六月，无非是
从一部电影回到现实
漫长的一生，从此
有了等待的名分

六月，无非是
我把自己
变成
海水

山中听溪

暮 色

刚开始时,她是被落日吸引而来的

山那边

暮色一点一点张开手臂

朝她拥抱过来

那时,风是小清新的模样

她还满头青丝

站在风中

她想起那条褪色的花裙子

还有落在花裙子上的

红蜻蜓

她举起了相机

风还是那时的风

只是暮色开始弥漫

她依然喜欢回想

被镜头锁起来的

那些人和事物

我习惯在黑暗中打开窗户

所有的光芒被隐藏

神在不远处

站立,不语

仿佛一切空茫

仿佛我也是空茫的一部分

这个时候,最适合

对视,寻找

寻找你前世的肉身

今生的爱人

寻找被你遗忘的孩子

还有那首被你遗忘的诗歌

一个从前世追寻而来的人

习惯在黑夜里打开窗户

与天空的长久对视之后

寻找被闪电击中的

刹那光芒

辑四 夜里写诗的人

山中听溪

读 你
——兼致诗人默雷

（一）

读你,在一堆神的呓语里

有时候是波涛翻滚

有时候是细雨春风

更多时候,我找不到自己

刀剑或者闪电一样的光芒

架在脖子上

思想和词语

是你勒住自己的绳索

你用它们拷问灵魂

你的方寸之外

清风般

我读你,碎屑一样的

雪花,或者刃片

而我，愿意让它们

领着我

奔跑

像那匹脱缰的马

（二）

一叶春天的酢浆草

还是一朵谦卑的小花

让你停住了脚步

或许在黑暗里

更能看清楚

注视的眼睛

波涛，隐藏在人群里

隐藏在词语的背后

隐藏在三千米的海底

幽蓝，是我唯一

能呈现的颜色

母亲节，她们全都来了

山中听溪

今天母亲节,雨水来了

阳光也来了

街边花店里,康乃馨在盛开

红玫瑰,波斯菊,百合花都在盛开

我的小花园里

茉莉打开朴素的身子

金银花和鸡蛋花的藤蔓

绿油油地攀爬着

沉默,谦卑,与世无争

傍晚的时候

我坐在她们身边,听

蝈蝈弹琴月亮吟唱流水和音

微笑的母亲,疼痛的母亲

皱眉的母亲,难过的不舍的母亲

她们全都来了

消 失

母亲还在时

读《南宋庄》，读到

从一粒粒小米中挑选沙粒的母亲

老眼昏花的母亲

用棉布条扎口袋的母亲

仿佛我的母亲就坐在我身边

后来，我的母亲消失在尘世

再读《南宋庄》

我发现写诗的人消失了

再后来，编辑诗集的人消失了

这让我感到害怕

我害怕那些在诗歌里喂养我的小米

忽然有一天，也消失在

茫茫沙粒中

山中听溪

深夜，遇见奥斯维辛出逃的灵魂

白色屋顶的木房子，飘荡在

燃煤机车的汽笛声后面

那片阴暗的森林里

总有清香和腐朽的气息

同时升起

木屋待在林间深处很久了

等待认领的人

走进去

你看，有人在木屋里大声喧哗

选择合适的词语讨论灵魂

有人把死亡当成花朵

刚从窗外扔进去

里面有人捡了起来

这看起来像某个电影画面

其实，只是上帝打了个盹

隔着河岸，我看见

白色屋顶，木屋里的男人女人和孩子

他们高扬起来的手

梦一般

消失在深夜的缥缈里

到医院，看望病人

这里，总有花朵草木
枯萎折损
也总有，阳光荫翳雨水
轮番交替
这里，每具躯体的后花园
修枝剪叶，不由自己

隔壁病床上裹着绷带的男人
在看《玫瑰之约》
他的女人坐在床边
用手机述说痛苦
有眼泪为证

站在能看见花园的病房阳台上
有鲜活的花香飘过来
仿佛神的旨意
这回，我不是这里的花草
我只是探望的人

山中听溪

春　日

多么好的春日，如果可以

我想走到妈妈墓前

和她聊一聊春天的小草和落叶

如果可以

我想去到女儿身边

和她一起闻闻白云山的花香

阳光灿烂，春风和煦啊

如果可以

我想给自己的身体加一抔泥土

我还需要它继续行走

如果可以

我还想来到自己的心上

那一面越来越安静的湖

是死亡和重生的交集

精神病院

我来的时候,阳光很灿烂

天空蓝得依旧像人间

如果有幻觉

这里像海边的一个鸟巢

大操场上,五六十个男人排着队

他们打饭,吃饭,啃苹果,躺在地上笑

生活,一切井然有序

铁栏杆边,一个男人的脸带着笑:

给我一个女人,我用她拯救世界

转过弯道,另一个男人的脸:

恭喜发财,请给我五毛钱

二楼铁窗里一个小女孩大声对我喊:

阿姨,我没有病,请给我一根羽毛

我就要飞起来了

那刻,我真的有幻觉

山中听溪

仿佛

世界所有的门都是打开的

所有束缚身上的绳索猛然断裂

发出巨大的啪啪声

我只能冲她笑了笑，笑容里

是一只小小鸟的影子

画命运

都说艺术是相通的

画画的人大多会用手中七彩的笔

画万事万物的命运

站立的，卑屈的，张扬的，内敛的

可以是花儿，小草，枯树

也可以是身穿华丽旗袍

站在海边听浪的女子

我多么喜欢又多么欣赏

那些会画命运的女子

她们懂穿越术，她们用爱做底板

用审视调色

她们画出的命运是光亮的

如果我来画命运

我就画一只逆风

也能高高飘扬的气球

腾空或者落地

都在温暖的人间

山中听溪

山　中

大片阳光，盛开在

农历十二月的山中

影子和影子

有了难得的重逢

一只下坡路上的蚂蚁

被忽然而来的某阵风

吹得荡气回肠

一声鸟鸣

把隐藏体内的火苗

连根拔出

故园无此声啊

山中有波涛

我独行其中

夕阳和泡桐树

是我的亲人

二 妹

你总是隔三岔五地给我寄来

玉米，红薯，杨桃，生蚝

还有小米和鸡蛋

你总说是自家种的大海养的

每回吃着这些

我总是眼眶有泪

我想起母亲最后的日子

在手术室门口

半夜你陪着我等

陪着我聊起大海

你犯困打哈欠的眼睛里

有大海的波光

照亮了我曾经数不清的黎明

我不在母亲身边时，是你

一次次用疲惫的身影替代我

哦，亲爱的二妹

你赠予的这些衣裳

我会一辈子穿在身上

山中听溪

这个身材黑瘦,没有太多文化
却赠予我整个故乡
我们习惯叫她二妹的人
是我的堂妹

一场冬雨，落在深夜

小寒刚过，一场冬雨
落在了深夜
没有你打伞的雨
落下又有什么用
我用它浇熄尘世的火
又有什么用
我听不到你的呼吸
只有窗台
传来均匀的敲打声

妈妈，我已经到了
知雨知寒的年龄
世间，却再也没有了
你打伞的手

山 中 听 溪

凌晨三点

是夜半钟声到客船的时辰

是支枕听河流的时辰

是世界安静内心繁忙的时辰

做梦或者写诗

都在飞翔的时辰

左手摸着右手

还有温度的时辰

火车笛声带来故乡

送走旅程的时辰

城市清洗街道

我们清洗内心的时辰

走丢自己又找回自己的时辰

我和辛波斯卡一起等待黎明的时辰

我们还得继续生活的时辰

总有些痛,被寒风刺破

今天是霜降节气

就在刚才,夜里十点

一年中最后一个季节

一天中最后一个时分

父亲给我打来电话

拿着手机站在风中的我

像被狂吹的小草

随时倒向故乡的原野

这个季节的花朵开始凋敝

海边的红树林呈倒伏之势

秋天过后的大地

空旷矮小

连思念也变得畏畏缩缩

眼泪成了稀有之物

辑四 夜里写诗的人

山中听溪

八十二岁的老父亲

从不说他有多想念

他可以一天不吃饭

却把一个数字,五五二

当成一天的粮食

寒风中

总有些痛,被刺破

流着新鲜的血

漏下来的秋天

阳光透过黄叶洒下来

秋风中有沉香的味道

正在赶路的马儿仍在赶路

走在异乡是故乡的林间路上

我的温暖已所剩无几

我的孤独像岸边的芦苇

大片大片被秋风吹白

少女轻轻地说了声：

妈妈，你看你看

秋天了，枫叶红了

我的被秋风吹白的头发

替我接住了这

漏下来的秋天

山中听溪

秋　意

这些天，她一直陶醉在

旗袍的韵味里

仿佛只有旗袍

才能迎合她新剪的发型

当然，头发里有

黑和白两种颜色

她很自然地接住

人们投来的各种眼神

她很自然地笑了笑

是的，还是老样子

不过是秋风起了

我们的爱情

老了

在秋天

（一）

在秋天
除了天空和云朵
几乎所有事物都矮了下来
它们不亢不卑，不急不忙
以一种主人的身份
回家

在秋天
如果还有梦
那一定是
落叶的花园

山中听溪

（二）

我的很多感慨

来自秋风

当秋风竖着吹时

我抬头看天

仿佛自己成了一小片云朵

被风吹来吹去

当秋风横着吹时

我蹲下身子

和枯草落叶一样

谦卑地低下头

却从不丢失自己

孤　独

年轻时候，孤独是山是水

是一湾浅浅的月色

是盛满欣赏的目光

昨晚半夜的车站

八十二岁的他执意相送

那刻，我看见

孤独已经无枝可依

倒在郊外秋夜的风中

倒在一个佝偻的影子里

山中听溪

听海浪

整个下午

我一直在海边听海浪

看它们被风推过来

又被风卷过去

看它们的安静和跳跃

温顺时,是清澈的蓝色

纠结时,跃起把自己打翻

无奈挣扎的内心

除了过往的风知道

刚好被坐在海边的我

听见

证 实

在某本诗集里读到名为《哥哥》的诗歌

看到三个字的作者名

忽然想起在另一本诗集里读过

这点我确信

相同的内容相同的诗名

为此,我不惜翻箱倒柜引经查据

不顾深夜是否扰人清梦

甚至不顾黑暗的尽头是否有黎明

我不知道自己为何总是这样

难道仅仅为了证实

我的生活多么虚无

我的思想多么幼稚

还是其他别的

我还不知道

该怎样去证实

那些看似真实

其实已经被改变被隐藏的事物

山中听溪

填 充
——兼致茂盛老师

喜欢看茂盛老师的摄影作品
原因很简单
他懂得用光亮和色彩去填充
花朵掩盖下的阴暗部分
有时河流无声的流淌
会被他用一只蜜蜂或者一只鸟来发声

看他的作品，我总在想
我究竟是他作品里的花鸟呢
还是河流中一朵被打翻的浪花
我是生活在作品里的阴暗部分
还是明亮的部分

分水岭
——兼致蔡兴乐老师

总在他的诗歌里读到
分水岭这个词
我在想,这分水岭
应该不仅仅是
故乡和异乡的分水岭
昨天和今天的分水岭
自己和亲人的分水岭
城市和乡下的分水岭

我们的灵魂和肉体
哭和笑,痛和乐,生和死
是否都有分水岭
如果真的有
我们又该如何
用实物形态去描述
一座山,一滴水,一块石头
还是名词,形容词,虚词

山中听溪

想　法

把风雨写进诗里

或者在诗里建筑温暖的房子

这些都是她爱做的事情

有时候是抒情

有时候是叙述

有时候是直白

有时候是她，他，你或者我

很多时候，她也斟酌

纠结，甚至挣扎

黑与白，究竟

哪个是生命的本色

哪个更接近真实的世界

末了，她听见一个声音说

算了，这只是你的一些想法

就像落日用隐去告诉世界

光芒只是它曾经的一些想法

只是时光的一个疏忽

如果真有滴水不漏之说

那么你该在你的江山耕耘

我在我的美景里沉醉

可事实上

在时光的某个节点

我们用同一种频率的心跳和呼吸

淹没同一片海滩

这不能不说是个奇迹

在生命列车的某个交接处

我们相遇,其实

这只是时光的一个疏忽

在此之后,每个清风自来的夜晚

月光不断用明亮的眼神修正

那梦一般的场景和细节

哦,如烟的往事风物

只是时光的一个疏忽

山中听溪

送故人

沿着西江而上
青山依旧
当我喊出故人的时候
你已经躺在青山的怀里
而往日时光
恰如茬茬随风而动的绿草
握不住却给人无限生机

关于故人，我曾写过
田野，锄禾，麦穗
月光，河流和清风
这些
都将是你重新出场的背景

为你送别，我喊出故人
更多你之外的亲人
他们都在青山回应我
仿佛我只是经过的某一趟列车
不久将回到这里

我所热爱的事物

我已经没有独到的触觉敏感的思维

我只关心身边与我朝夕共存的事物

例如,稳稳落入大山怀抱的落日

例如,脚下一些没有名分的小花小草

例如,窗边突然吹来的某一阵温暖的风

以及不经意间照亮我的星光和月色

正是它们的沉默谦卑和微小

让我越来越想挤入他们中间

被一个叫大地的亲人

滋养,呵护

像呵护它的一个孩子

正是这些我所热爱的事物

让我真切感受到

那像雨滴一样落下的光芒

山 中 听 溪

六月，借一阵风

我们分别很久了，哥哥
关于分别这个词语
我想到很多
我是怕突如其来的一场暴风雨
我们像枝头的叶子
被吹散，零落
我还想起你给我的那首歌
等一个晴天，哥哥

《庐州月》
它让我想起河流，海藻和游鱼
六月的某天以后
它们留给我细致绵密的光芒

你看，我们是不是只剩下回忆了
如果可以
我愿意把时光和场景重新拼接
换上渡口，黄昏和油纸伞
如果可以
我要像一只蝴蝶

把深情极致演绎

管它唐朝宋朝还是现在

不管流水到哪里

月亮总在它心中

只要我抬头,哥哥

总能接住你溢满爱的目光

我多像你的小小女儿

我愿意像你的小小女儿,哥哥

六月,借一阵风

我要拉近和你的距离,哥哥

山中听溪

今天,大雨滂沱
——写在母亲离世一周年

(一)

清晨,像往常一样
我带上你留给我的上海牌女款手表
今天,一场大雨滂沱的时候
我想用紧贴着你的方式
和你探讨
雨水从天上落入我眼眶的距离

(二)

思念,有时会成为绳索
把人勒至窒息

你用安静掏空我的世界,从此
再没有人用娟秀的笔迹给我写信
再没有人用那样亲昵的口吻喊我

多少次，拿着电话用泪水拨号

而拼尽力气喊出的那个称呼

永远不再有应答

（三）

去年故乡的这个凌晨

天上的雨水都落到了

我和你还有弟弟的心里

我知道，那是

你在和家门口的渔港公园告别

和你生活了大半辈子的山城告别

和因为高考没能来到你床前的外孙女告别

一个一辈子与世无争的人

被二〇一三年五月二十二日凌晨两点零八分的月亮

照耀着

送到了天堂

山中听溪

（四）

从此，我心里埋下一条铁轨

它是通向天国的

不论是梦中还是红尘

我都在铁轨上行走

（五）

雨在天上是你的眼泪

落入凡间，是我的眼泪

妈妈，今天

大雨滂沱

醉花阴

词牌名是你们给的

我只让她做一场雨的韵脚

站在桐花树下

我这样想

有些相遇

不一定带着香气

驮着时光的积雪

从云海落入无人山涧

寂静和飘落

是她的全部语言

四月，在这个叫沐溪的后山

我与满地白色桐花相遇

白茫茫的一片

就像这个世界给我的

最初的爱

山中听溪

试金石

时光将成暮色
多么幸运,我还在你的掌心

其实,也没什么好担心的
爱情不过是块试金石
那块生锈的铁,它沧桑的容颜
你还爱着
而穿越的四季
成了我夹到你碗里的肉

岁月这把刀子,把生活
裁剪成一段段流水
我们
都甘愿被雕刻

墓　地

妈妈躺下去的时候
我第一次对这个叫墓地的地方
有了真切的爱
那时，我的整个世界
仿佛都被带进了墓地

春天再次抽出枝条
河流依旧流淌在向着终点的路上
花儿绽放后依旧凋零
所有事物在献出全部忠诚后
燃烧自身，化为灰烬
这让我确信
远离了肉体的灵魂
足以照亮红尘万物

从这个春天开始
我对墓地
充满无限敬意
它必将让我成为
远离尘世的人

山中听溪

与母书

清明是来看你的日子
将近千里的路
我早已启程
晨昏昼夜风雨雷电
我一直在追赶你的路上

妈妈,我要给你带来
为你写的每一首诗
它们是我想你的小心思
而为你流的每一滴泪
滋养着你墓碑旁的小草
它们将代替我陪伴你
朝朝暮暮

妈妈,我越来越像你了
不爱出门,不爱热闹
更不喜欢争抢或者争斗
我以为这样
可以尽量少地沾染灰尘

这世间，只有亲情

是可以依靠的肩膀

我会像你一样

做个值得信赖的女儿，母亲和妻子

就像你从未离开一样

辑四 夜里写诗的人

山中听溪

村庄秋夜

写下这几个字

我的怀里装满了刚收割的玉米红薯

一片鸟儿飞不过的暮色田野,和

二叔家屋檐下整夜唱歌的蝈蝈

想到这些

我的肌肤骨骼仿佛被故乡秋夜的风

一遍一遍抚摸

在村庄,在秋夜

二叔总是早早躺下

用鼾声整理刚刚回家的庄稼

远处几声零碎的犬吠

点燃了村庄夜的心脏

我已没有太多愿望

只是担心二叔的胃病

像秋后的白霜

一天重过一天

而我的手,却不能像秋风一样

伸进村庄,抚慰收割后空旷的田野

抚慰被疼痛折磨的二叔

我的思念只能被明晃晃的月光

冷冷地照着

山中听溪

在春天,说出爱

刚写到桃花
一江春水就在
我的衣袖下碧波荡漾了
还有那些走失的亲人
他们都在春天回来了
以小草小花鸟鸣的样子
回来
我懒得去区分
哪棵是理想,哪朵是爱情
哪一声是母亲哪一唤是奶奶
春色无边,热爱弥漫
我只想对他们
大声说出
这热烈的爱

爱情,是那只斑斓的蝴蝶
——兼致沈彩初老师

写诗的人一定相信爱情
读沈彩初老师的诗歌
我看到了爱情
——这只柔软斑斓的蝴蝶

曾经,它飞过我年少的窗台
浓郁的香气,曾让我奋不顾身
如今,我的白纸上
它驮着沉重的身躯
横渡沧海

或许,我们真的该相信
日子的前方有明媚色彩
就像我看过的桃花林
雪落之后又再灼灼其华

山中听溪

今夜,雨细风寒

沈彩初老师的诗歌

让我确信

爱情,是那只斑斓的蝴蝶

翻飞在我们

失血已久的心田

危险的美感

在深夜失眠是危险的
极有可能你已经丢弃了
桌子上的你,床上的你
选择出逃

或许你会这样想
究竟是先有白天还是先有黑夜
白天的你用来获得称许和认同
为此,你不惜戴上面具
甚至陷进桎梏

只有在辽阔的黑夜
你才会有这么多的想法
你的四肢肉体灵魂
它们逃离在梦一般的黑夜

山中听溪

我不是完美主义者

黑夜的旷野上

我为自己装上翅膀

这危险的美感

让我再次成为

黑夜的孤独者

很蓝的天空下,我们聊一聊

飘荡的那朵白云是你的笑脸

我一直这样感觉

每次来这里,天总是这样蓝

远离了红尘,妈妈

我们来聊一聊

象牙塔里修炼的美少女

仍在江湖跋涉的我和他

还有那个最老的老小孩

充满尘埃灰霾的人世

再吹不进你的衣袖

我依然两手空空

宁静却埋入了心里

我相信有轮回

就像四季有更替

你看,春风回来了

隐忍的花苞开始发芽

明亮的事物在前方等待

我把尘世丢在身后

在很蓝的天空下

我们聊一聊

山中听溪

谁点的灯

很久了

一直想和你聊聊

身体里的隐患,生活的忧虑

黑夜里无法触摸的疼

笑容下隐藏的孤独

想请你像一盏灯一样

照亮我,给我温暖

你知道的,我不在乎

那温暖有多久有多少

还想和你聊聊

我已经放弃了江湖

躲到一片森林里

做一棵树一朵花或者一棵草

聊聊我对时光的畏惧

我害怕它的一只手突然伸过来

掐断所有词语的来路

你看,这样聊聊多好

只是,我一直没弄明白

那盏灯,究竟是谁点的

如约而来

——写在与诗人唐德亮老师见面之后

我想说的是今天的阳光

还有你和诗歌

踏着碎步而来的清风

替我熨了熨你洁白的衬衣

直立挺拔的衣领,像一首诗

更像一个人的骨头

风没有急于表白什么

它只是把写了三十多年的诗稿

铺展在白衬衣里面

越过苍野深处的手

用力伸过来,它撑起的天空

清澈,透明而又真实

山中听溪

我要保存好

这如约而来的一米阳光

让它在我的诗歌里

熠熠生辉

尘世之远

江湖再远,还在红尘
这样想的时候
折叠起翅膀,脚踏山中

风还是尘世的风
它不过为我带来了
蝴蝶体内隐居的香气
知更鸟的一声尖叫
告诉我,这里没有江湖
没有刀光和烈焰

把用旧的词语
翻出来晾晒
连同用旧的身体
一同刷新
在这里,尘世的远方
做一株小小的丹霞兰

山中听溪

读 诗

冬日午后,坐在阳光下读诗
当读到爱是没有边界的时
风轻轻来扯了扯我的衣袖
此时,天空辽阔白云安详
往下读,我看见
白云里的房子和人群
唱歌的,写诗的,种花的
各自忙碌着
没有喧哗,没有尘埃
我看见弯腰的你,妈妈
正在侍弄花苗
刚要喊你,身边的
小狗带着小猫在我面前
欢快跳过,不同的世界
它们却多么像一对母女

虚 构

如果我这样写

黑暗的夜里,至少

有一只瓶子装着我的欢喜

那么,你要想到

或许是三,或许是五,或许是数量未知的

温暖,热爱,想念

可能还有小小的忧伤

它们正站在黑夜里

等待越过栅栏的月光

照耀

可能还有一二两清风

在我的梦里

不停

吹拂

山中听溪

回 头

回头,她感到荒
荒是荒芜的荒,荒凉的荒
也是荒草的荒,发慌的慌

不过走了一会儿
就丢失了最亲的人
身后那片树林
埋葬了太多荫翳
回头
她看到寒光闪闪

刀,剑或者暗枪
早已在体内火光四溅
封闭,沉默,丢弃痛觉
道路还得往前

回头,她告诫自己
遵循内心
哪怕整个世界
都没有出现想象的光芒

冬 夜

橘色的灯光是一尾鱼

带着你,向我游来

无边寂静里

你的微笑,像一面镜子

映出我隐藏了四十多年的幸福

窗外,有雨声

自远而近

它们是缠绕过你指尖的雪花

带着你的体温

从云上飘落

这个冬夜,我听见

圣母舒缓平静的诵经声

在无法追赶的背影后面

轻轻

传来

山中听溪

路 过

看见他的时候

他正坐在街边转角的石阶上

衣衫褴褛，目光呆滞

这时傍晚的夕阳微微发亮

我的脚步在回家路上

他的目光在寻找家的路上

照着我的微光也照着他

在上帝眼里

我和他一样

我们都是上帝的孩子

我们都只是路过人间

遇见

——写给耙磨的诗画

你的头像很耐人寻味

耐人寻味的，还有

你的月亮，忧愁河上的桥

还有那些残破的过往

不知道那些画是否是你画的

我却一直固执地相信

你有遮掩痛苦再造光明的

能力

我爱你的房子你的容器

灵魂的遇见

不就是如此简单吗

这样的季节

我还愿意陷入你的冰川里

让遇见的二十一克

凝固，直到跳动的音符

把它们敲碎

山中听溪

秋天的海

如果还有未尽的言辞

此时都已缄默

秋天的海,体内已没有

虚妄的句子可以翻动

让时光回到最初吧

回到春天两粒相拥的雨滴

被火花被闪电击中

抬头低头间,一把伞

遮盖了所有过往

曾经的波涛翻滚

被月亮埋入海底

那些细微的,装满了深海的贝壳

每个深夜在我的枕边掀起浪花

一个人改变一座山

从九月一个明媚的早晨开始

我的铁轨延绵到一座叫白云山的山脚下

我想象山的位置,空气,植被

想象一朵含苞的小花朵

需要的阳光,温度和养分

想象是否有天空一样的舞台

任由她舒展自己的花骨朵

哦,还有,我和她开始玩起语言谜语

她把谜一样的光芒用另一种语言留给我

那座山,在我心里成了神山

我这样想象的时候

她已经住在白云山脚下

那个纯洁的美少女

已经赶往盛开的途中

山中听溪

听月亮

听经年的风把你吹白

这个写法多么老土

就像我站在桂花树下

披一件陈旧温暖的衣衫

却再吟不出半句关于你的诗句

远处，河流依稀

更远处，有人在歌唱爱情

与月书

昨夜,你圆了亮了
我希望能多些时间
最好是每夜
妈妈回来看我的路黑

就在昨夜三更
一小块月光透过窗帘罩着我
妈妈推门进来
她说:
孩子,今晚的月亮真圆
我回来看你的路亮堂
我哭着喊着,一伸手
月光隐了,妈妈不见了

这些年,我从未在意过你的光芒
直到五月,那个凄清的夜
你用清辉,收割了
妈妈安静平凡的一生

山中听溪

从此,我夜夜等你
月亮,你的光芒照耀世间万物
我只要那萤火虫的光
唤回我在尘世的爱

用书装扮自己的女人

她喜欢钻进夜的帷幔

靠着橘色的光,用香打扮自己

麦田晚风村庄,江山大地灵魂

是她的粉饼腮红

她还喜欢支起唐朝的风宋朝的雨

用易安居士的词作茗,安坐镜前

寻找那根往返于前世来生的线

有时,她也喜欢用安妮宝贝和小婵的文字下酒

她愿意醉在那些属于自己的心语里

当然,她更喜欢那些

李姓张姓纳兰姓的前朝公子

踏着月色,衣衫清丽而来

她任由自己跟随着

或信马由缰,或放马南山

山中听溪

夏日深

感谢风,低低地吹

影子在低头里看见

流水,夕阳,藏在荷叶下的蛙鸣

这比尘埃还低的沉音

让人想到隐居南山的人

手举莲蓬,脸色悠然

如果还有一坛好酒

就在夏日放歌

即便醉,也要醉成

荷花亭亭的样子

想　象

玫瑰早已老去

只有小草年年青绿

若我还能给你想象

就想象小草卑微

而又努力站直身子的样子吧

当然，伏案的时候

你还可以想象一盏茶香

想象一片叶子在水中舒展自己

这远比红袖添香来得悠远绵长

更多的时候

我愿意你把我想象成

你泼墨下的一缕夕阳或是一段流水

心中装下的山河

只有大地知道

山中听溪

如果你的心中还有一把吉他

那就把我想象成一串流动的音符

在你忧伤或欢喜的时候

无须弹奏，于你的心底

自溢而出

夜的声音

夜的声音很多

汽笛的，路灯的，床头时钟的

低泣的，私语的，缠绵的，或者吵闹的

红尘中的声音，仿若尘埃

夜用黑暗掩盖声音

离别的人住进心里

流浪的人蜷缩街头

相伴的人同床共寝

写诗的人，听见笔尖写秃

划破白纸

看不见结局的人

提着夜的声音赶往黎明

而我，只听见

夜的绸缎上

灵魂越狱的声音

山中听溪

离 开

离开是一个崇高的词语

所有的离开都注定是庄严的

落叶离开树干有秋风相送

花朵离开枝头雨滴会落泪

秋天离开收获有白雪覆盖

一个人离开

不过是从一个房子到另一个房子

对这个庄严的时刻

一直充满想象

她仿佛听见"好人一生平安"在天空响起

唢呐开道,白鸟儿在飞

灵魂被照亮的部分

升起又回到低处

一湾清水,回到山川

要允许她离开

要允许她再回来

要允许她完成最后的夙愿

直到她听到主持人宣布:

这个女子,已完成她一生的使命

她终于
长长地舒了口气
她终于
得以离开

山中听溪

立春帖

立春,有雨
院子里的粉色茶花在雨中饱满而挺立

没有凋零的还有海棠和玫瑰
盛开的事物有着迷人之处

小狗和蚯蚓在阳台上玩着追踪的游戏
弱者也有反抗的时刻

花园瓦瓮里蛰伏的睡莲花芽
有着崭露头角的想法

这是个隐忍的季节
按捺不发是人间最佳状态

安娜小笺

遇见你的时候,我正被失败打击着
那时我听到的,是你的挣扎
那像铁轨一样延绵的忧伤

怀斯画里的你
瘸了腿,被扔在泥潭
一步步向上攀爬的样子
像极了被生活无数次检阅的我

多少黑夜
我一次次越过时空越过国界
到遥远的异乡寻找你
请允许我这样想象
你是优雅贤淑温柔的
你更是勇敢坚强倔强的

安娜,你用小笺掏出了我
掏出我被戳伤的心脏
那是朵殷红的曼珠沙华

山 中 听 溪

安娜,眼睛清澈的安娜

脸上充满阳光的安娜

带我去旅行吧

我们去远方

脚　印

一场冬雨下了好多天了
有人在雨中穿着长筒靴滴答走过
有人坐在街角拐弯的湿地上背过伤心的脸
一只鸟孤独栖在枯枝上

拉着行李箱走在雨中的女人
一脸茫然
从一个城市到另一个城市
被一场雨追赶
眼睛里是故土被掏尽的疼痛

雨中的这些景致
突然让我产生莫名的悲伤
我仿佛雨中的一个影子
身边走过的每一个都像我的亲人

山中听溪

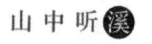

我们只隔着一场雨的距离

深夜,一场雨落下来
落在你的窗台落在我的帘边

此刻,你该在屏前书写你的忠诚吧
我在我的疆土为你朗诵:
如果日子落在雨水后面
那么,我的爱就是那道彩虹
我轻声的吟咏,像一束柔和的灯光

雨声一直夹在我们中间
带着透明的心跳
你感觉到温暖了吗
那滴滴答答的雨声
就是我坐在你的身边
缓慢持久的呼吸

今夜,一场雨落了下来
亲爱的,我们只隔着一场雨的距离

大经幡

一片鸟儿飞不过的天空
所有事物在这里安静下来
你的手语，像神的召唤
来自雪域，来自天圆之地

雪山，草甸，飞鸟，羊群，格桑花
在你的目光下，低头喝水抬头行走
生活简单，没有欲望
仿佛与生俱来，仿佛内心的引领

这里是海拔 3280 米的云贵高原
神在这里停驻

山中听溪

秋天的第一场雨

此刻,你怯怯地站在我窗前
不停敲门,那样子迷惘而又疲惫
像个迷路的孩子
一直寻找回归的路

街道两旁阴香树的叶子被风吹落
整个天空空了起来
我被这忽然而来的空吓了一跳
它们像我越来越少的理想和欲望
越来越卑微的生命

秋天的第一场雨过后
风更矮了,树更瘦了
安静之中
我独自体会比秋风更瘦的事物

大寒帖

太阳老早就出来了

不远处的天盈广场和猎德大桥

有着被阳光照耀的样子

在楼下小广场遛狗

听老人和孩子用纯正的粤语聊天

看各种各样的人来来往往

有那么一瞬,我这个外乡人

被这个城市接纳

石牌,冼村,荔湾这些已经遗忘的名字

在大寒这天进入我的想象

我仿佛看见我的父母在暨南大学的石拱桥上第一次牵手

在宝华正中约的小巷里为刚出生的我买肉熬粥

大寒节气,被时光的手推着

我走回已经消失很久的阳光里

山中听溪

春分帖

午后暖阳，一枝梨花颤巍巍伸向天空的样子

猝不及防地进入我的镜头

有蜜蜂和蝴蝶停留在白色的花瓣上

阳光照耀着竹篱笆

留下好看的影子

不远处采摘荷兰豆的大叔做了背景

此刻，春日美好，人间安宁

而就在刚刚

手机新闻里十三岁小男孩被霸凌致死的画面

与这个春天的温暖与阳光

是那么相悖

一个人的秋天

经年的风反复游走

它已经抵达秋天的旷野

一个人想要隐藏的心事

被秋风拾捡

慢下来，休闲地走

由着心，牵一匹慢马

一定会看见南山

除了菊花，还有一座寺庙

悲伤不是可耻的

泪水不是，爱也不是

我在我的田野里写诗，告白

尽管，我已经瘦得只剩

词语这袭衣衫

山中听溪

一个人的秋天

是海水的深蓝

是夜空的辽阔

是一粒桂花

落进山谷

一片金黄驮着我飞翔

就要收获了

一片稻田如此丰富

丰富到我不忍走进它们

丰富到它们暗藏的日月

流进了我的身体

它们把对四季的赞美

交给泥土

把沉淀和饱满当作誓言

其中遭遇的风雨雷电

它们看作是必然的命运

走进它们

我安静，低头，寻找

仿佛寻找一条河流的源头

寻找大地的心脏

寻找我出生的地方

那刻，我被一片金黄

驮着，飞了起来

山中听溪

风 月

你从微信里寄来一把胡子

染着岁月和沧桑

我忽然想起那年在湖边

两个做减法的人,云淡风轻地见证风声

仿佛湖水就是永恒

仿佛湖边飞过的那只鸟也带着幸福

直到今天,只要想起那泓叫沐溪的湖

就会想起你的胡子

扎疼我

立 冬

城市的南边，异木棉和三角梅正热烈盛开
城市北边的银杏叶也开始黄了
它们各自忙着
你开你的红花，我黄我的叶子

我在开满三角梅的桥上拍花
接孩子放学的老人来来往往
老人里没有你，妈妈
我知道，你在另一个世界忙碌着
为我和家人祈祷，为这个世界祈祷

不远处的江水平静如镜，它们在向更深的地方流淌
过了今天，我必须藏起内心的火苗
将那些曾经有过的幻想的画面
慢慢沉入江底

山中听溪

小满,在知青农场

那一代人的集体记忆里没有我
那时候我还小,虽然我也在广阔天地里
听奶奶讲农夫与蛇的故事

有人用历史拍电影,有人用历史写诗歌
在我的记忆里,那个年代只剩下
小货郎挑着担子进村
牙膏壳换叮当糖的黑白底片

那是个"广阔天地里大有作为"的年代
那时候,我刚读小学一年级
每周一下午
是用畚箕挑着动物粪便去小农场施肥的日子
每周三下午不用上课
是给同学们满大街去找废铁上交的时间

小满节气,站在这个叫山焦站的地方
我显然被"知青宿舍""知青影院""人民公社食堂"
高温炙烤着

暮春的山杜鹃

清明已过，山杜鹃落了
那血一样的红触目惊心

它们可能长在田野山间
也可能长在人家花盆里

硕大鲜红而饱满的花朵
直到凋零依然热烈如火

它们在零落的最后时刻
是否有过惊慌或是从容

现在，在藤县的山坡上
它们长久与泥土在一起

山中听溪

忆母亲

夏夜有风，院子里的草木晃动夜色
其实，这样的夜晚很多
风摇树影，月亮照耀寻光的人

你不在这个世界很久了，你看不到
月光下伸出双手的孩子
眼睛里的惊慌

五年了
草木一截截矮下去
你的影子越来越模糊
以至于我把身边
所有的母亲
都当成了你

七夕

（一）

哥哥，其实有你和没你的七夕

是一样的

你从来就没有存在过

也从来没有离开过

山还是山

水还是水

只是山水相遇的时候

就成了江南

（二）

月光早被别人说破

可它依旧洒在中年的脸上

那点点的银光

哥哥，我多么希望是你

帮我拔下的白发

山中听溪

(三)

我不是卓文君

你也不是司马相如

我们永远不可能当垆卖酒

只是我常常在想

会不会有一片海

有一尾鱼

在你我之间溯洄

(四)

今夜,没有葡萄架

没有鹊桥,没有金风玉露

能飞的都让它们飞起来吧

只要星星还在

让它为我们照亮

彼此身体里呈现的

寂静

夕阳之诗

细碎的夕阳洒下来
像一张网,悬挂在山路的转角
风轻柔地碰撞着网里的人

它领着我从朝霞中走过来
路上的时光
是遇见、重逢、交叠
最后分开散落的时光

风还在不停地吹
一只蜻蜓的翅膀仍在夕阳下抖动
很快,它将陷入黑暗寂静的深渊

我在它的光影里匍匐
我也缓慢地
从午后步入黄昏